Für Lilly und Matiba

Bettina Bouscher

Warten auf Saitoti

Roman

Bibliografische Information der Deutschen Nationalbibliothek:
Die Deutsche Nationalbibliothek verzeichnet diese Publikation in der Deutschen Nationalbibliografie; detaillierte bibliografische Daten sind im Internet über http://dnb.dnb.de abrufbar.

Herstellung und Verlag: BoD – Books on Demand, Norderstedt

ISBN: 978-3-7543-0319-1

„Ein Feuervogel,
ein Wesen,
dass einen mit
seinen schillernden Farben
betört, lockt und verführt.
Die Glut seines Gefieders
verbrennt und verschlingt
jedoch jene,
die ihm zu nahe kommen
und letztendlich
bringt er mehr Unheil
als Segen."

Märchen aus Sambia

TEIL EINS

LEYA UND SAITOTI

KAPITEL 1: LEYA

HEIRATSHANDEL

Die Ebene des Samburu Districts lag flimmernd und verwaist in der Mittagssonne. Nur die vereinzelten Schirmakazien boten etwas Schatten und Leya hatte sich mit den Frauen der Familie in die Manyatta ihrer Mutter zurückgezogen. Von Zeit zu Zeit hob eine ihrer Cousinen, die vor dem Eingang hängende Lederhaut leicht an, um sich zu vergewissern, dass die Männer, trotz der Gluthitze, noch immer auf dem Dorfplatz unter der großen Akazie saßen und diskutierten.

In der Manyatta war es stickig und die Anspannung aller Frauen schien förmlich in der Luft zu hängen. Es roch nach Schweiß und ungewaschenen Körpern. Leyas Hochzeit wurde da draußen ausgehandelt und es war unklar, ob die Sippe des jungen Mannes namens Saitoti den hohen Brautpreis, der ihren Eltern vorschwebte, akzeptieren würde. Saitoti, zwar ein vielversprechender junger Krieger, stammte aber aus eher armen Verhältnissen. Nicht ganz so beliebt und hübsch wie sein großer Bruder Balaa, doch Leya mochte ihn. Er hatte einen athletischen Körper, sein dunkles Haar mit einem leichten Rotstich, harmonierte mit dem Kastanienton seiner Haut, wodurch er sich von den gewöhnlichen Männern abhob. Zwischen ihnen schien er zu leuchten. Auch mochte sie die Art, wie er Geschichten erzählte. Er war ein Meister darin Ereignisse auszuschmücken und zu übertreiben, bis es spannend oder sehr lustig wurde. Sie trafen sich bereits eine ganze Weile heimlich und sie hatte ihn gedrängt mit seinen Leuten bei ihrem Vater vorzusprechen. Jetzt war sie sich nicht mehr sicher, ob sie einen guten Zeitpunkt gewählt hatte.

Unerwartet wurden die Stimmen der Männer laut. Neugieriges Gerangel am Eingang der Manyatta entstand und die meisten Frauen drängten ins Freie. Im Kreis der Männer hatte es scheinbar ein Handgemenge gegeben und Leya sah gerade noch, wie Saitotis Vater auf den Boden spuckte und wütend mit seinen Brüdern das Dorf verließ. Sie erstarrte innerlich und wollte in ihrer Verzweiflung zu Saitoti rennen, doch die Hand ihrer älteren Schwester hielt sie zurück. Irritiert beobachteten sie, wie Saitoti gegenüber von ihrem Vater sitzen blieb und ruhig mit ihm weiterzusprechen schien. Das kostete viel Mut. Er widersetzte sich der Entscheidung seines Klans. Doch der Ausgang der Verhandlungen war weiterhin ungewiss. Die Männer hinter Leyas Vater hielten die Hände an ihren Waffen, bereit Saitoti innerhalb weniger Sekunden zu töten, sollte ein falsches Wort fallen.

Die Hitze war erdrückend und schien alles um sich herum zu verschlingen. Leya rang nach Luft und warf ihren Kopf in den Nacken, bevor sie zu Boden sackte. Als sie dort lag, glaubte sie hoch Oben am Himmel einen Vogel kreisen zu sehen, einen Feuervogel und mit ihrem Blick versuchte sie seiner Flugbahn zu folgen. Die Ahnen hatten ihr ein Zeichen geschickt. Seltsame Ruhe breitete sich in ihr aus, als hätten die Geister ein Tuch über sie gedeckt und die Stimmen ihrer Verwandten entfernten sich immer weiter, wurden dumpf und nur noch kühle Dunkelheit umgab sie.

Erst als man ihren Körper grob schüttelte und sie zurück auf ihre Füße stellte, versucht sie wieder zu verstehen, was sich bei der Gruppe der Männer abspielte. Saitoti und ihr Vater reichten sich gerade die Hände. Die umstehenden Onkel und Cousins entspannten endlich ihre aggressiven Körperhaltungen und klopften dem Vater bestätigend auf die Schulter. Damit war der Pakt, ihre Verbindung besiegelt. Man war sich einig geworden. Die Frauen begannen Leya zu umarmen, taumelnd wurde sie immer weitergereicht, bis sie in das Gesicht ihrer Mutter blickte. Die hatte Tränen in den Augen und stimmte ein besonderes Lied an, in das plötzlich alle um sie herum einstimmten. Bald würde Leya eine Braut sein. Saitotis Braut und ihre Familie verlassen.

KAPITEL 2: SAITOTI

IM „CATTEL CAMP"

Die Männer des Dorfes hielten sich mit allen Kuhherden am Fluss auf. Dort war ein provisorisches „Cattle Camp" von ihnen errichtet worden. Da die anhaltende Hitze bereits große Teile ihres Weidelandes, in ausgedörrte Kraterlandschaften verwandelt hatte. Viele der Nomadenklans, die hier draußen mit ihrem Vieh lebten, sahen sich inzwischen gezwungen ihre Herden zu verkleinern und konnten kaum noch überleben. Unruhen und Kämpfe zwischen den unterschiedlichen Stämmen waren die Folge gewesen. Alle versuchten verzweifelt ihr Territorium und die Zugänge zum Wasser zu verteidigen. Auch Saitotis Klan hatte Vorsichtsmaßnahmen getroffen, um feindliche Übergriffe auf ihr Land und die Herden zu verhindern. Die Männer patrouillierten seit einigen Tagen in Schichten durchgängig um das Camp.

Saitoti war mit seinem älteren Bruder Balaa und dessen bestem Freund Lemmi für die zweite Wache in der Nacht eingeteilt worden. Eigentlich hatte er vorher ein paar Stunden schlafen wollen, doch als Lemmi am Feuer anfing von seiner letzten Eroberung zu erzählen, hatte Saitoti es nicht lassen können dem Angeber immer weiter zuzuhören.

„Ihr werdet es nicht glauben, wem ich vor zwei Tagen am Fluss begegnet bin", begann Lemmi mit lauter Stimme. Die Gespräche der anderen jungen Männer verebbten nach und nach, bis Lemmi die volle Aufmerksamkeit aller hatte. Doch der ließ sich Zeit, stand auf und baute sich in voller Körpergröße vor seinem Publikum auf:

„Mabusi!", der Name durchbrach die Stille wie ein Donnerschlag.

„Das hast du geträumt, Mann", rief Balaa aus der Menge, „ihr Vater lässt sie nie alleine raus."

Man konnte Lemmi ansehen, wie sehr er es genoss im Mittelpunkt zu stehen:

„Ich sage euch, meine Männlichkeit hat sie angelockt", dabei schwang er seine Hüften hin und her, Gelächter und anzügliche Pfiffe wurden laut. Dadurch kam Lemmi erst richtig in Fahrt:

„Geräusche wie eine kalbendes Rind hat sie gemacht, als ich es ihr mit dem hier besorgt habe", und er griff sich in den Schritt.

„So ein armes Mädchen", brüllte Balaa, „du hast einen Schwanz wie ein Esel."

Grölendes Gelächter breitete sich aus, während Saitoti stumm vor sich auf den Boden starrte. In diesem Moment beneidete er die anderen Männer, die noch nicht verheiratet waren, ihre Unbeschwertheit. Sie spürten die Verantwortung eines Ehemannes noch nicht:

„Schäm dich Lemmi, solche Lügen über Mabusi in die Welt zu setzen. Sie ist wie eine kleine Schwester für mich".

Das ausgelassene Lachen der Männer erstarb. Ungläubig und kopfschüttelnd sah man Saitoti von allen Seiten an. Lemmi trat näher und man konnte das Funkeln in seinen Augen sehen, als er antwortete:

„Nennst du mich etwa einen Lügner?", mit der rechten Hand tätschelte Lemmi die Wange von Saitoti, wie bei einem Kind. Balaa stand auf.

„Weil du jetzt mit Leya verheiratet bist und nur noch bei Mama essen darfst, tust du so."

Saitoti erhob sich ganz langsam und war nur noch wenige Zentimeter von Lemmis Gesicht entfernt. Ihre Körper angespannt, jeder Zeit bereit loszuschlagen. Doch Balaa ging dazwischen:

„Na, na…wegen so etwas werdet ihr euch doch nicht schlagen", locker klopfte er Saitoti auf die Schulter. Lemmi stichelte weiter:

„Ja … Balaa, pfeif deinen kleinen Bruder zurück. Der kann einem echt die Laune vermiesen."

Wütend wandte Saitoti sich ab und setzte sich etwas abseits unter einen Baum. Niemand kam zu ihm. Die Anderen ließen ihn in Ruhe. Wenig später musste er mit Balaa und Lemmi den ersten Kontrollgang absolvieren und lief schweigend hinter ihnen her. Alles blieb ruhig, keinerlei Anzeichen für einen nächtlichen Angriff. Zurück an der Feuerstelle überkam Saitoti eine so starke Müdigkeit, dass er im Sitzen einnickte:

und er sah plötzlich einen Schatten, der aus dem Unterholz trat und auf ihn zukam. Anhand der Umrisse und sichtbaren Teilen der Kleidung konnte er deuten, dass es sich um einen Krieger seines Stammes handelte. Er wollte ihn ansprechen, grüßen, nach seinem Klan fragen. Doch die Gestalt legte ihm sanft die Hand auf seine hohe Stirn und er verstummte. Die Berührung ließ alle Sorgen von ihm abfallen und er fühlte sich ganz leicht, als könne er über dem Boden schweben. Der Krieger entfernte sich langsam und er folgte ihm, durch Gegenden, die ihm gänzlich unbekannt waren. Die Luft veränderte sich, wurde feucht und roch nach Salz. Der rote lehmige Boden unter seinen Füßen wich einem sandigen Untergrund und dann sah er es, das große Wasser, wovon die Dorfältesten ihnen als Kindern so viel erzählt hatten.

Die Vögel am Himmel machten andere Geräusche als in seinem Dorf und als er hoch blickte, erinnerte er sich nicht ihre Art schon je zuvor gesehen zu haben. Immer weiter folgte er den Spuren des Kriegers im Sand, doch die Gestalt selbst schien entschwunden. Er wollte ihn rufen, doch kein Laut drang aus einem Mund. Bis er vor dem rauschenden Gewässer stand und sich nicht traute seine Zehen in das kühle Nass zu tauchen. Die scheinbar unendliche Weite des Meeres war überwältigend und ihm kamen die Tränen. In diesem Moment wusste er, dass dort in der Ferne seine Zukunft lag.

Balaa schüttelte ihn grob an der Schulter:

„Du redest wirres Zeug im Schlaf, Mann", und schnalzte verächtlich mit der Zunge, „los, es wird Zeit für unseren nächsten Rundgang!"

Saitoti versuchte seine Verwirrung zu verbergen und auf die Beine zu kommen. Balaa und Lemmi waren schon voraus gegangen, schnell griff er nach seinem Gewehr und bemühte sich sie einzuholen.

DAS ULTIMATUM

Früh am nächsten Morgen traf ihre Ablösung im Camp ein und Saitoti verabschiedete sich von den Männern. Balaa und Lemmi waren nirgends in Sicht und er brach alleine mit seinen Kühen in Richtung Dorf auf.

Seit der Hochzeit waren ihm nur noch vier Rinder geblieben. Den Rest hatte er der Familie seiner Frau als Brautpreis abtreten müssen und da sein Klan weiterhin gegen die Verbindung war, hatten sie keine Tiere zur Mitgift beigetragen. Doch Saitoti war dickköpfig und würde nicht nachgeben, auch wenn er bis ans Ende seiner Tage mit vier Rindern durch die Gegend laufen musste.

Müde passte Saitoti das Tempo seiner Schritte, dem gleichmäßigen Gang der Rinder an und überprüfte abermals, ob seine Kalaschnikow gesichert war. Es konnte schnell zu Unfällen kommen, wenn man übernächtigt und unkonzentriert war. Dann hängte er sich das Gewehr wieder lässig über die Schulter. Er wollte, dass Leya ihn so sah.

Doch bevor er in Sichtweite des Krals kam, beobachtete er am äußeren Rand des Dorfes Balaa, der gerade heimlich an der Rückseite einer Manyatta ins Freie schlüpfte. Saitoti kannte die Familie, die dort lebte und eine Tochter in ihrem Alter hatte. Das Mädchen war außergewöhnlich schön und wurde von allen Männern begehrt. Wie schaffte Balaa es nur immer die tollsten Frauen zu kriegen, obwohl er nicht einmal besonders gut aussah. Missmutig wollte Saitoti einfach seinen Weg nach Hause fortsetzen, doch Balaa holte ihn ein, klopfte auf seine Schulter und zwang ihn damit stehen zu bleiben:

„Wohin läufst du mit deinen vier Kühen?"

Die wenigen Worte seines Bruders waren wie Stiche in Saitotis Brust und er hätte ihm am liebsten mit seinem Rungu eine verpasst, doch Balaa war älter und stärker als er.

„Was geht es dich an? Heute Morgen im Camp hast du ja auch nicht auf mich gewartet."

„Ich hatte besseres zu tun", feigste Balaa und lies Saitoti einfach stehen. Der beobachtete, wie sein Bruder sich in Richtung Fluss entfernte und als der Andere außer Sichtweite war, ließ er seinen Blick in die Ferne schweifen. Die Schotterpiste, die die staubige Ebene durchkreuzte, lag inzwischen flimmernd in der Mittagssonne. Es wurde Zeit, dass er mit den Tieren ins Dorf kam. Die Herde hatte sich inzwischen wieder eigenständig in Bewegung gesetzt und er folgte ihrem monotonen Gang. Von seinem Klan hatte er nichts mehr zu erwarten, dass wusste er. Weder sein Bruder geschweige denn sein Vater respektierten ihn. Sie hatten deutliche Worte mit ihm gesprochen, als er sich durch seine eigene Brautwahl gegen die Tradition seines Volkes gestellt hatte. Die Sippen waren nach wie vor nicht bereit Saitotis Verhalten zu dulden und seine engste Familie schützte ihn nicht. Daher hatten die Ältesten des Dorfes eine Entscheidung getroffen. Sie hatten Saitoti ein Ultimatum bis zum Einsetzten der Regenzeit gestellt, bis dahin musste er mit Leya das Dorf verlassen haben.

Seitdem zerbrach er sich den Kopf, wohin sie gehen würden und wie sie ohne den Schutz ihrer Leute überleben konnten. Doch am meisten quälte ihn, dass er nicht wusste, wie er mit Leya darüber sprechen sollte. Eine größere Enttäuschung als Ehemann, hätte er für sie nicht sein können.

IM DORF

Er sah Leya schon von weitem vor der Manyatta sitzen und das Mittagessen vorbereiten. Ihr Anblick verscheuchte die bitteren Gedanken für einen Moment. Sie war wunderschön. Ihre feinen Gesichtszüge kamen durch das kurz geschnittene Afrohaar, besonders gut zur Geltung und ihr schlanker Körper hatte alle Rundungen, die ein Mann sich wünschte. Das rote Tuch um ihre Hüften, leuchtete grell in der Sonne.

Ohne ein Wort der Begrüßung ließ er sich neben ihr nieder. Es gab genaue Verhaltensregeln zwischen Mann und Frau. In der Öffentlichkeit war der Umgang miteinander sehr distanziert und beschränkte sich auf ein Minimum an liebevollen Gesten, auch wenn man verheiratet war. Leya reichte ihm stumm eine Tasse mit Chai, bevor sie pflichtbewusst die Kühe melken ging. Er döste eine Weile im Sitzen, bis er den Duft von Essen auf der Feuerstelle roch. Leya war eine gute Köchin, dennoch meckerte er über die Würze des Essens, nachdem er den ersten Bissen genommen hatte. Er war übernächtigt und ein lästiges Pochen, hinter seiner linken Schläfe, breitete sich in seinem Schädel aus. Sofort sprang sie auf, holte ihm noch etwas Salz aus der Hütte und sah ihn unsicher an. Saitoti wusste, dass sie als frischgebackene Ehefrau alles richtig machen wollte und lobte jetzt endlich selbstgefällig die Mahlzeit. Als sie sich auch einen Teller nehmen wollte, verlangte er zuerst Nachschlag und ließ ihr absichtlich kaum noch etwas übrig.

Beim säubern des Geschirrs beobachtete er, wie geschickt und schnell Leya jeden Handgriff ausführte. Der Stoff des Tuchs, das ihren Körper umhüllte, raschelte leise bei jeder Bewegung. Als sie schließlich aufstand, um am Fluss Wasser zu holen, wippte ihr Hinterteil verführerisch auf und ab, im Rhythmus ihrer anmutigen Schritte.

Saitoti erinnerte sich noch genau an das Fest, als er es zum ersten Mal gewagt hatte mit Leya zu tanzen und vorsichtig mit seiner Hand ihre Taille berührt hatte. Der Gesichtsausdruck, der für eine winzige Sekunde über ihr Gesicht gehuscht war, hatte ihm verraten, dass er noch mehr von ihr würde kriegen können. Nachdem die meisten der älteren Leute angetrunken gewesen waren, hatte er dann seine Chance genutzt und war mit ihr in den Büschen abseits der Feuerstellen verschwunden.

Bei dem Gedanken an ihre ersten Zärtlichkeiten musste er schmunzeln und wäre Leya am liebsten zum Fluss nachgegangen. Doch er fühlte sich kraftlos nach der langen Nacht und das viele Essen lag ihm schwer im Magen. Eine lähmende Müdigkeit überkam ihn und er schlief unruhig im Sitzen vor der Manyatta ein. Als er Stunden später wieder aufwachte, dämmerte es bereits und sein Nacken schmerzte von der krummen Haltung. Leya war weit und breit nicht zu sehen. Verärgert erhob er sich und lief nun doch hinunter zum Fluss. Das Gewässer lag verweist im Zwielicht, nur ein paar Elefanten genossen in einiger Entfernung die abendliche

Stille. Saitoti wurde immer ungeduldiger. Auf dem Rückweg klapperte er die Hütten einiger Nachbarn ab, bis er schließlich seine Frau schwatzend und lachend bei ihrer Schwester antraf. Wortlos packte er sie am Arm, die heiteren Stimmen verstummten, und zerrte sie grob hinter sich her nach Hause. Tränen standen ihr in den Augen, doch sie war zu schlau um ihm Widerworte zu geben. In ihrer Manyatta machte er ihr aus der Luft gegriffene Vorwürfe, dass sie sich herumtrieb anstatt sich um ihren Ehemann zu kümmern. Er steigerte sich immer mehr in Rage und der erste Schlag in Leyas Gesicht, ließ sie straucheln. Ein feines Rinnsal Blut sickerte aus ihrem linken Nasenloch. Doch sie blieb stumm. Dadurch fühlte Saitoti sich noch mehr gereizt und die ganze angestaute Wut, über Balaa, seinen Vater, die Dorfältesten, brach aus ihm heraus. Er schlug immer weiter auf Leya ein, bis der Druck in seinem Inneren endlich nachließ. Sie lag zusammengekauert vor ihm und erst jetzt wurde ihm richtig bewusst, was er getan hatte. Verwirrt legte er sich neben sie, bat sie flüsternd um Verzeihung, doch sie drehte sich weg und irgendwann kam endlich dumpfer Schlaf über Saitoti.

Am nächsten Morgen konnte Saitoti sehen, dass es Leya Schmerzen bereitete sich zu setzten und sie zündete das Feuer in der Hocke an. Er schämte sich für seinen Kontrollverlust und drückte ihr einen zaghaften Kuss auf die Stirn. Doch sie reagierte nicht, machte weiter mit den Beschäftigungen des Tages. Samburufrauen waren hart und stolz, das kannte er von seiner Mutter. Aber über das Ultimatum hatte er noch immer nicht mit ihr gesprochen. Lange würde er es nichtmehr hinausschieben können. Ratlos ging er zu seinen Rindern, dort fühlte er sich am wohlsten und brach wenig später wieder mit den Tieren in Richtung „Cattel Camp" auf, ohne sich von Leya zu verabschieden.

DER AUSWEG

Der Weg ins Camp war dieses Mal weit, denn es war notwendig Flussabwärts zu ziehen, um neues, frisches Weideland für die Herden zu finden. Die Männer würden dort mehrere Wochen mit den Tieren unter sich bleiben. Als Saitoti endlich am Sammelplatz eintraf, grüßte er einige der kleinen Jungen, die mit dem Sammeln von Feuerholz beschäftigt waren.

Balaa und Lemmi nickten ihm verhalten aus einiger Entfernung zu, doch er ignorierte sie und blieb bei einer Gruppe Krieger aus der Familie von Leya stehen. Die Ältesten teilten wenig später die Schichten für die Nachtwachen ein und jeder suchte sich einen Schlafplatz. Saitoti entschied sich sein Lager bei Leyas Leuten aufzuschlagen und sie duldeten ihn, ohne ihm weiter große Beachtung zu schenken. Bei den Meisten hatte sich inzwischen herumgesprochen, dass Saitoti aufgefordert worden war die Gemeinschaft zu verlassen.

Die Tage zogen öde und einförmig im gleichbleibenden Rhythmus der Tierversorgung und des Wacheschiebens vorbei, bis sich für Saitoti eines Abends die Gelegenheit bot, einen Krieger aus einer anderen Sippe am Lagerfeuer zu belauschen. Der war anscheinend erst kürzlich aus der Hauptstadt Nairobi in den Distrikt zurückgekehrt und prahlte nun mit seinem angesparten Geld, dass er in neue Rinder und bessere Waffen investieren wollte. Je länger er der kraftvollen Stimme des Mannes zuhörte, umso klarer wurde ihm, dass er soeben den Ausweg für Leya und sich gefunden hatte. Sie würden nicht alleine, ohne Schutz im Distrikt umherirren und versuchen in dieser unwirschen Gegend zu überleben. Ihr Weg würde sie nach Nairobi führen, in eine bessere Zukunft. Auch obwohl er weinig über das Leben in der Stadt wusste, würden sie schon zurechtkommen. Wenn dieser andere Krieger es geschafft hatte, warum dann nicht auch er.

Mit diesem Plan und dem guten Gefühl endlich eine Lösung gefunden zu haben, kehrte Saitoti eine Woche später, als die Weiden abgegrast waren, nach Hause zurück. Leya empfing ihn mit gutem Essen und während der gesamten Mahlzeit konnte er kaum den Blick von ihr abwenden. Nach so langer Zeit nur unter Männern, wollte er in ihr versinken. Immer wieder berührte er sie flüchtig und Leya erwiderte seine Zuneigung, strich ihm übers Haar, drückte ihm sanft einen Kuss auf die Stirn. Endlich war der Abwasch erledigt und sie konnten sich zurückziehen. In der Manyatta ließen sie ihrem gegenseitigen Verlangen freien Lauf. Bis in die frühen Abendstunden lagen sie beieinander und irgendwann flüsterte Leya an Saitotis Ohr:

„Ich wünsche mir ein Kind von dir."

Abrupt zog er sich zurück, setzte sich auf und schlug mit der Faust gegen den tragenden Pfeiler der Manyatta. Die ganze Konstruktion wankte und wäre beinahe über ihnen zusammengestürzt. Wutschnaubend schlang er sich ein Tuch um den Unterleib und stürmte nach draußen in Richtung Wald. Er wollte Leya nicht wieder schlagen. Es war nicht ihre Schuld, war es nie gewesen. Die Nachbarn starrten ihn verwundert an. Im Schutz der Bäume und des dichten Unterholzes brüllte er, laut, unbändig, wie ein verwundetes Tier und verfluchte die Ahnen mit ihren Spielchen. Er lief auf und ab, schlug mit der Faust in die Luft, bis ihm irgendwann die Kraft ausging und er auf einem Stein in sich zusammensackte. Erst jetzt trat Leya aus dem Unterholz ins Licht, schweigend setzte sie sich neben ihn und Saitoti begann endlich zu sprechen. Die Worte und Tränen glitten aus ihm heraus, als sei er nicht mehr er selbst. Er erzählte ihr von dem Ultimatum der Ältesten und ihrer ungewissen Zukunft, aber auch von seiner Idee in die Hauptstadt zu gehen und alle Traditionen hinter sich zu lassen, ein modernes Leben zu führen und eine Menge Geld zu verdienen.

Vorsichtig nahm Leya seine Hand in ihre und küsste ihn auf die hohe Stirn. Auch ihr rannen Tränen die Wangen hinunter, aber tapfer sagte sie ihm:

„Wir werden tun, was du für richtig hältst."

Er war erleichtert, dass sie seine Entscheidung nicht in Frage stellte. In der Manyatta schliefen sie eng umschlugen ein. Als Saitoti jedoch am nächsten Tag im Morgengrauen erwachte, holten ihn Scham und Selbstzweifel wieder ein. Es viel ihm schwer Leya noch in die Augen schauen, welche Frau wollte schon einen schwachen Mann, einen Versager, der sich von der Gemeinschaft verjagen ließ, wie ein Hund. Doch was blieb ihm anderes übrig, keiner, außer ihr, hielt zu ihm. Also ging er zu seinen Rindern, saß lange bei den Tieren und versuchte sich innerlich von der Vorstellung zu lösen, dass er mit ihrem Verkauf alles verlor, was ihn ausgemachte.

Die Tiere hatten so viele Jahre sein Überleben gesichert und nun musste er sie weggeben.

Der Weg mit der Herde zum Tiermarkt kam ihm unwirklich vor und als er den Verkauf mit einem Handschlag besiegelte, fühlte er sich leer und besiegt. Lange streifte er umher, bevor er ins Dorf zurückkehrte. Niemand sollte ihn in diesem Zustand sehen, doch vor Leya konnte er seinen Schmerz nicht verbergen. Sie setzte sich mit ihm vor die Manyatta und sie schauten schweigend in die Ferne, dabei hielt sie einfach nur seine Hand. Die Stunden vergingen, ohne dass sie melken oder frisches Wasser für die Rinder herbeischaffen mussten und als die Dunkelheit sich herabsenkte, legten sie ein Datum fest an dem sie das Dorf in Richtung Nairobi verlassen würden.

REISE NACH NAIROBI

Am Tag ihrer Abreise kam niemand auf den Dorfplatz, um sie zu verabschieden. Alle gingen ihren normalen, täglichen Arbeiten nach und schüttelten nur verständnislos den Kopf, als Saitoti und Leya mit ihrer wenigen, verbliebenen Habe in das Sammeltaxi in Richtung Kreisstadt einstiegen. Saitoti zog es das Herz zusammen und zu Beginn der Fahrt, sprach er kein einziges Wort mit Leya, damit seine Trauer ihn nicht erdrückte. Zum ersten Mal in ihrem bisherigen Leben verließen sie den Samburu Distrikt und ihre Leute. Stumpf starrte er aus dem Fenster.

Als die Schotterpiste sich in eine asphaltierte Straße wandelte, wich Saitotis Trauer einem Gefühl von Angst vor dem Unbekannten und er tastete vorsichtig nach Leyas Hand, die schlaff neben ihrem Oberschenkel auf dem Autositz lag. Sie entzog sie ihm nicht, sondern erwiderte seine Berührung, drückte seine Hand ganz fest und sah ihn aus großen, beunruhigten Augen an. Nun waren sie auf sich allein gestellt, mussten zusammen halten, dass wussten sie.

Die Reise in die Hauptstadt dauerte mehrere Tage. Sie ernährten sich von getrocknetem Fleisch und einer Art Fladenbrot, dass Leya eingepackt hatte. Nur ab und zu gönnten sie sich einen heißen Tee in einer Bar am Straßenrad, bevor der Fahrer des Busses von seiner Toilettenpause zurückkehrte und es weiter in Richtung Nairobi ging.

Die Stunden kamen ihnen unendlich vor, bis die Siedlungen endlich größer wurden und als sie die ersten Vororte der Großstadt erreichten, spürte Saitoti ein verheißungsvolles Kribbeln in seinem Körper. Vor Aufregung konnte er es kaum noch aushalten und rutschte unruhig, wie ein Kind, auf dem Sitz des Busses hin und her. Leya schien hingegen die Panik ins Gesicht geschrieben zu stehen. Doch er wollte sich diesen Moment, zum ersten Mal die Hochhäuser von Nairobis moderner Innenstadt mit eigenen Augen zu sehen, nicht verderben lassen und ignorierte sie. Schließlich standen sie am Beginn eines neuen Lebens.

ANKUNFT IN DER HAUPTSTADT

Die unbeschreiblichen Dimensionen dieser Stadt wurden Saitoti erst bewusst, als der Bus sich seinen Weg durch das Straßengewirr bahnte und er die Orientierung komplett verlor. Er wusste nicht mehr wohin er zuerst schauen sollte. Immer dichter wurde die Bebauung, bis schließlich nur noch mehrstöckige Mietshäuser die Straßen säumten. Alles war so modern, sauber und gepflegt, dass er es kaum fassen konnte. Die meisten Leute auf der Straße trugen amerikanische oder europäische Kleidung und schienen wichtigen Geschäften nachzugehen. Wie Ameisen bewegten sie sich zielstrebig durch das Gewimmel von Autos, Motorrädern und Bussen. Es roch nach Abgasen und das ständige Hupen der Fahrzeuge betäubte ihm die Ohren. Die Hochhäuser sah er nur in der Ferne, glitzernd ragten sie in den stahlblauen Himmel und er nahm sich vor in den kommenden Tagen genau in diesem Teil der Stadt, im Schatten dieser Bauwerke, eine Wohnung für sie Beide zu finden.

Kurz bevor der Reisebus auf einer Art Marktplatz zum Stillstand kam, tastete er nach einem kleinen Fetzen Papier in seiner Hosentasche, um sich zu versichern, dass er noch da war.

„Alles aussteigen", hieß es vom Fahrer, „wir haben unser Ziel, Nairobi City, erreicht."

Mit steifen Gliedern traten die Reisenden ins Freie und versuchten ihre Gepäckstücke im Rumpf des Fahrzeuges zu finden. Als Leya und Saitoti endlich alles beisammen hatten, wussten sie nicht wohin sie sich wenden sollten und standen einer Weile orientierungslos neben dem Bus herum. Der Fahrer ignorierte sie. Schließlich deutete Saitoti einfach in eine Richtung und sie brachen auf. Je weiter sie sich jedoch vom Bus entfernten, desto unwohler fühlten sie sich und plötzlich, wie aus dem Nichts, versetzte jemand Saitoti einen harten Schlag in den Nacken. Doch bevor er zu Boden sackte, wurde er angehoben und seiner Schuhe entledigt. Leya schrie laut auf, der Angreifer zerrte an ihr, doch Saitoti ließ ihre Hand nicht los. Er würde Leya nicht verlieren, mit seinem freien Arm versuchte er Schläge auszuteilen, bis ein grelles Pfeifen die Kriminellen verscheuchte. Zwei Polizisten näherten sich mit schnellen Schritten, machten aber keine Anstalten dem Gesindel hinterher zu laufen. Froh über die Hilfe wollte er den Beamten danken, doch diese schüttelten nur lachend den Kopf und gingen weiter. Verstört blieb Saitoti zurück ohne Schuhe und Gepäck, mit seiner weinenden Frau an der Hand in Mitten des Getümmels eines riesigen Marktplatzes.

Schließlich führte er Leya weg von diesem unwirschen Ort, in eine ruhigere Seitengasse. Sie ließen sich im Schatten eines Hauseingangs auf dem Boden nieder und Saitoti versuchte einen klaren Gedanken zu fassen. Dann tastete er nach dem kleine Zettel in seiner Hosentasche und faltete ihn vor Leyas überraschten Augen auf. Die Buchstaben auf dem Fetzen Papier waren kaum zu entziffern, so schlecht war die

Handschrift des Mannes gewesen, der ihm im „Cattel Camp" diese Kontaktdaten eines seiner Verwandten für Notfälle gegeben hatte. Sie waren sich beide einig, dass eine solche Notlage nun eingetreten war.

Mühsam fragten sie sich zu der Adresse durch, verloren zeitweise die Orientierung in dem Gewirr von Straßen und kleinen Gassen, bis sie endlich vor einem gepflegten, gelben Haus standen und Saitoti sich schämte ohne Schuhe und Gepäck an die Eingangstür zu klopfen. Eine Frau mittleren Alters öffnete und sah sie verwirrt an. Auf „Maa" erklärte er hektisch die Umstände, doch das Misstrauen wich nicht aus dem Gesicht der Frau. Schließlich gab sie ihnen zu verstehen, dass ihr Mann nicht zu Hause sei, sie aber auf der Veranda auf ihn warten könnten. Dankbar setzten sie sich auf eine Bank neben der Haustür. Erst jetzt spürten sie ihre Erschöpfung. Leya lehnte den Kopf an seine Schulter und ihnen vielen die Augen zu.

Eine Weile hatten sie dort schon dösend in der Sonne gesessen, als ein kleines Mädchen mit einem Tablett Essen und kalten Getränken aus der Tür trat. Unsicher beäugte sie die Beiden:

„Nehmt, ist für euch. Meine Mama hat das gekocht. Sie ist eine gute Köchin."

Gierig griffen sie zu und das Mädchen verschwand wieder im Inneren des gelben Hauses. Saitoti fühlte sich etwas besser, nachdem er gegessen und getrunken hatte. Betrachtete die Umgebung und träumte ein solches Haus mit Grundstück könnte ihm gehören. Was Leya dachte, wusste er nicht und er war auch nicht in Stimmung sie danach zu fragen.

Es war schon beinahe Abend, als ein erschöpfter Mann in Arbeitskleidung einer Reinigungsfirma den Vorgarten betrat. Verwundert blickte er sie aus schmalen Augen an, während er schwerfällig die Treppe zur Veranda hochstieg. Schnell erhoben sie sich von der Bank und versuchten die Situation möglichst plausibel zu erkläre. Geduldig hörte der Mann sie an, bis er mit fester Stimme zu ihnen sagte:

„Ich werde euch helfen, weil ihr aus der Gegend meiner Familie stammt. Aber erwartet nicht zu viel, das Leben ist schwer hier. Jeder kämpft um das Bisschen was er hat."

Er verschwand im Haus und kam nach einer Weile umgezogen in Alltagskleidung wieder heraus. In den Händen ein altes Paar Schuhe, dass er Saitoti reichte.

„Ich habe einen Bekannten angerufen, der kann euch eine Hütte am Stadtrand vermieten. Er wird einen fairen Preis machen. Ich bringe euch jetzt zur Bushaltestelle und erkläre euch den Weg. Ihr werdet ihn da Draußen in circa einer Stunde treffen. Mehr kann ich nicht tun."

Saitoti wusste nicht, wie er dem Mann danken sollte und hätte ihn am liebsten umarmt, stattdessen nickte er nur stumm und unterwürfig. Als sie sich an der Bushaltestelle verabschiedeten, wollte er dem Mann seine Armbänder schenken, doch dieser lehnte dankend ab:

„Die sind nichts wert."

Die Fahrt war lang und sie wussten nur den Namen der Haltestelle, an der sie den Bus verlassen sollten. Als sie endlich am Treffpunkt ankamen, wurde es bereits dunkel und sie konnten den Verschlag, den der Bekannte ihnen vermieten wollte, kaum erkennen. Es gab weder fließend Wasser noch Strom, wie sie es sich vorgestellt hatten. In der ganzen Siedlung schien nur eine Bar in einiger Entfernung über Beleuchtung zu verfügen. Wie ein riesiges, rotes Insekt blinkte das Etablissement in der Nacht. Doch sie hatten keine Wahl und Saitoti besiegelte per Handschlag den Mietvertrag mit dem Mann. Eine Woche würde er ihnen Zeit geben, um die erste Miete zu beschaffen. Er machte eine Ausnahme für sie, normalerweise verlangte er das Geld immer im Voraus.

Erschöpft nahm Saitoti den Schlüssel für ein Vorhängeschloss in Empfang. Die provisorische Tür des Verschlags war eigentlich nichts weiter als eine Wellblechplatte. Er rüttelte einen Moment an der rostigen Kette, bis der Verschluss aufsprang und sie das Blech beiseiteschieben konnten. Ratten huschten über ihre Füße ins Freie und Leya schrie leise auf vor Schreck. Er musste sie an der Hand hinter sich her hineinziehen und als sie sich dicht nebeneinander auf den harten Lehmboden legten, wusste er, dass sie leise neben ihm weinte. Doch sie sagte nichts und ein dumpfer Schlaf vor Erschöpfung überkam sie beide.

GESTRANDET IN KIBERA

Am nächsten Morgen saßen sie eine Weile ratlos in dem Wellblechverschlag und suchten nach einer Lösung, wie es weiter gehen sollte. Leya klopfte den Staub aus ihrer Kleidung:

„Ich habe die ganze Nacht von diesen Ratten geträumt und gedacht sie hätten meine Ohren und Zehen angeknabbert."

Er lachte:

„Glaub mir, die Ratten sind momentan unser geringstes Problem."

„Wir sollten die Nachbarn um Hilfe bitten, damit wir wenigstens Wasser holen können und etwas in den Magen bekommen."

Gleißendes Sonnenlicht blendete die Beiden, als sie hinaus ins Freie traten. Der Gestank von Müll und Abwässern war unerträglich. Saitoti musste an zu Hause denken und an die klare, frische Luft am Morgen. Unerwartet nahm Leya ihn an der Hand und sie gingen gemeinsam von Tür zu Tür der Nachbarn. Misstrauisch wurden sie beäugt und weggeschickt, niemand wollte ihnen helfen. Schließlich ließ Saitoti sich von einem alten Mann, der vor einem der Verschläge in der Sonne saß, erklären, wo der nächste Markt war. Ohne Leya brach er dorthin auf und klaute das Nötigste was sie brauchten. Als er zurückkehrte, stellte sie ihm keine Fragen, nahm wortlos den Plastikkanister und ging Wasser holen.

Nach der ersten Woche war es Ihnen nicht gelungen Geld aufzutreiben. Kaum jemand sprach überhaupt mit ihnen und es schien nirgends Arbeit zu geben. Jeder schlug sich irgendwie durch. Als der Mann kam, um die Miete einzutreiben, war er nicht allein. Zwei schlecht angezogene, bullige Kerle begleiteten ihn. Saitoti machte Leya ein Zeichen, damit sie weglief. Die Typen durchsuchten erst ihn und dann die Hütte nach Geld. Doch als sie keinen Shilling fanden, prügelten sie auf Saitoti ein. Der verteidigte sich zunächst geschickt, aber die Anderen waren in der Überzahl. Irgendwann blieb Saitoti reglos am Boden liegen.

„Komm morgen Abend um 22:00 Uhr zur Bar, sonst holen wir deine Frau."

Lachend schienen sie sich zu entfernen, bevor er das Bewusstsein verlor *und da nur noch Stille war. Dumpfe, schwere Stille, die sich auf ihn hinabsenkte und ihn zu ersticken drohte. Er kämpfte gegen die Last auf seiner Brust, bis die Stimme von Leya zu ihm durchdrang.* Sie rief ihn und er begann wild um sich zu schlagen, weil er dachte die Angreifer seien zurückgekehrt. Hände hielten ihn fest, versuchten ihn zu beruhigen, hoben ihn an. Wohin er gebracht wurde, wusste er nicht. Unmenschliche Schmerzen durchfluteten seinen Körper und ließen ihn in eine Art Dämmerzustand fallen. Er war nicht wirklich bei Bewusstsein und doch spürte er, dass Leya bei ihm war und versuchte seine Wunden zu versorgen. Er wollte sie anschauen, konnte jedoch die Augen kaum offen halten, jede Bewegung ließ ihn wünschen er wäre tot.

Am nächsten Tag erwachte er in der Wellblechhütte und sein Zustand war furchtbar. Jegliches Zeitgefühl hatte er verloren und sein Gesicht war so geschwollen von den Schlägen, dass er nur aus schmalen Schlitzen sehen konnte. Auch etwas zu sich zu nehmen, war fast nicht möglich. Sie hatten ihm mehrere Zähne herausgebrochen.

Hilflos, von Schmerzen geschüttelt, lag er alleine in der Wellblechbaracke. Wohin Leya gegangen war, wusste er nicht. Zwischendurch versuchte er sich aufzusetzen, um etwas Wasser zu trinken, hatte jedoch die Kraft nicht und viel immer wieder in unruhigen Schlaf, der wirre Bilder aus seinem Innersten zutage förderte. Realität und Träume verschwammen, bis er sich der Welt entrückt vorkam und dachte er würde sterben…

ein älterer Mann, mit dem getrockneten Schwanz eines Löwen in der Hand, erschien im Türrahmen … Saitoti war sich nicht sicher ob die Gestalt real war. Erst nachdem der Alte ein Flüssigkeit auf ihn sprenkelte und er das kühle Nass auf seiner Haut spürte, war er sich der tatsächlichen Anwesenheit des Anderen in der Hütte sicher. Fremde Worte wurden an seinem Ohr gemurmelt, die mal lauter und dann wieder ganz leise wurden. Das Fell des Löwenschweifs berührte seine Brust, woraufhin ihm das Atmen wieder leichter viel. Tränen traten in seine Augen und die Verwirrung in seinem Kopf löste sich. Mit klarem Blick sah er den alten Mann an, trank aus einer Holzschale eine übelriechende Flüssigkeit, die ihm gereicht wurde und war dann in der Lage sich zu erheben. Friedvoll legte der Alte ihm seine Handfläche auf die hohe Stirn und er spürte einen Schwall von Wärme auf sich übergehen. Wortlos drehte der Mann sich um und verschwand.

Leya betrat wieder die Hütte, ihren Gesichtsausdruck konnte er nicht deuten. Sie half ihm frische Kleidung anzuziehen, was ihn verwirrte. Er hatte nicht bemerkt, dass es bereits Abend war und man ihn in der Bar erwartete.

SCHULDEN

Saitoti schleppte sich qualvoll voran, immer wieder musste er Pausen einlegen, bis er endlich die grell beleuchtete Bar, das Zentrum von Kibera, erreicht hatte. Bewaffnete Männer, mit halb automatischen Gewehren, lungerten am Eingang herum. Sie Schenkten ihm aber keine weitere Beachtung. Drinnen schien das Lokal aus zwei Räumen zu bestehen, einer kleinen Küche mit Theke und einem Gastraum. Wenige Tische und ein paar Bänke standen kreuz und quer um eine Art Tanzfläche. Die Gespräche der Anwesenden verstummten, als man ihn bemerkte, nur die amerikanische Rapmusik tobte weiter aufdringlich aus den riesigen Lautsprecherboxen. Es roch scharf nach Schweiß und gekochter Ziege. Saitoti versuchte Ruhe zu bewahren und ließ seinen Blick durch den Gastraum schweifen, doch die Männer, die ihn angegriffen hatten, waren nicht anwesend. Erleichtert drehte er sich zum Gehen, doch ein junger Bursche, der neben der Tür auf einem Barhocker gesessen hatte, versperrte ihm den Weg:

„Warte!"

Mit einer leichten Kopfbewegung deutete der Typ auf einen Stapel Holzkisten in einer Ecke.

„Setzt dich!"

Saitoti ließ sich widerwillig auf den Kisten nieder. Seine Schmerzen wüteten immer stärker und es fiel ihm schwer, sich noch aufrecht zu halten. Am liebsten hätte er sich einfach auf den Boden gelegt. Die Leute um ihn herum verloren das Interesse und wandten sich wieder ihren Gesprächen zu oder tanzten. Irgendwann reichte eine hässliche, alte Frau ihm ein Bier und lächelte ihn zahnlos an. Er trank gierig und spürte unmittelbar die verheerende Wirkung des Alkohols. Übelkeit stieg in ihm auf und ihm wurde schwindelig. Er hatte plötzlich das Gefühl die Holzkisten unter ihm würden schwanken, wie eine Schiffsladung auf hoher See. Krampfhaft versuchte er sich gerade zu halten, um nicht Seitlich von dem Kistenstapel zu sacken. Er musste einen grotesken Anblick geboten haben, als seine Angreifer die Bar betraten. Sie kamen laut lachend und feixend auf ihn zu, um sich dann im Kreis um ihn herum zu gruppieren.

Der Eine schubste ihn mit einer ruckartigen Bewegung von den Kästen und in seiner Benommenheit schlug er hart zu Boden. Der Schmerz zuckte wie ein Blitz durch seinen gesamten Körper und das Gelächter um ihn herum schwoll an. Hände griffen ihn am Kragen und man stellte ihn wieder auf die Füße. Von weitem hörte er die Stimme des Mannes, der ihm die Hütte vermietet hatte:

„Sie zu, dass du deinen erbärmlichen Arsch in den Griff kriegst. Von nun an arbeitest du deine Schulden bei mir ab. Nächste Woche kommst du hierher zu Mama Sula und hilfst ihr in der Küche. Verstanden?"

Es dauerte einen Moment bis er begriff, dass eine Antwort von ihm erwartet wurde:

„Okay", quetschte Saitoti hervor und schmeckte Blut in seinem Mund. Erneut tosendes Lachen. Dann ließen sie ihn los, wandten sich ab, um Bier an der Theke zu bestellen. Saitoti wäre beinahe kollabiert, schaffte es aber sich aufzurichten und den Rückweg anzutreten.

Leya war erleichtert, als er gegen das Wellblech am Eingang ihrer Hütte hämmerte. Schnell ließ sie ihn herein und half ihm sich hinzulegen. Er schaffte es gerade noch ihr von Mama Sula und seinem Küchenjob zu erzählen, bevor ihm die Augen vor Erschöpfung zu fielen.

ARBEIT BEI MAMA SULA

In den darauf folgenden Tagen versuchte Saitoti wieder zu Kräften zu kommen und Leya pflegte ihn gut. Sie waren sich beide einig, dass der Küchenjob nichts für einen Mann war und Leya die Arbeit bei Mama Sula antreten würde. Saitoti wollte sich nicht noch mehr erniedrigen lassen. Am frühen Montagabend betraten sie daher gemeinsam die Bar. Mama Sula, eine füllige, ältere Frau mit stechenden Augen, hatte sie bereits erwartet und schien nicht abgeneigt Leya einzustellen:

„Im Grunde ist es mir lieber, wenn ich keinen Kerl in meiner Küche habe. Ich hoffe du kannst anpacken, Mädchen", prüfend betrachtete sie Leya von oben bis unten. Diese lächelte ihr charmantestes Lächeln:

„Ich werde mir Mühe geben, dass verspreche ich."

Gebieterisch nickte Mama Sula:

„Also gut, versuchen wir es. Eine Woche Probezeit, solltest du faul sein oder mich beklauen, wirst du dir wünschen, mich nie getroffen zu haben."

Erleichtert ging Saitoti nach Hause. Die Schmach, in einer Küche zu arbeiten, blieb ihm erspart. Er wusste, dass Leya ihre Sache gut machen würde.

Das tat sie auch, arbeitete täglich Stunde um Stunde und kam immer erst Mitten in der Nacht erschöpft nach Hause, wenn die Bar endlich geschlossen hatte. Dann schlief sie etwas, nur um erneut zu Mama Sula zu rennen und sich die Hände wund zu spülen. Saitoti beobachtete das Ganze immer argwöhnischer. Er hatte kaum noch Zeit mit Leya und lernte sogar einfache Mahlzeiten selbst zuzubereiten. Eine Weile dachte er darüber nach, eine zweite Frau zu heiraten, verwarf dann aber den Gedanken. Wahrscheinlich würde er dadurch noch mehr Probleme auslösen. Jeder seiner Versuche selbst eine Arbeit zu finden, blieb erfolglos. Er hatte keine Schulbildung und verstand sich nur auf die Haltung von Rindern. Zunehmend fühlte er sich nutzlos und einsam. Die Tage waren lang und eintönig, bis er einige Männer aus der Nachbarschaft kennenlernte. Sie spielten Karten und tranken Bier zusammen, oft schon am Morgen und es schien, als drifteten Leya und er immer weiter auseinander.

DER ENTSCHLUSS

Bei einem der Trinkgelage in der Nachbarschaft hörte Saitoti zum ersten Mal Gerüchte über weiße Touristen, die Kenyas Küsten bereisten und Hotelanlagen bevölkerten. Dort würde man leicht Jobs finden, auch als ungelernte Arbeitskraft. Wochenlang dachte Saitoti über das gehörte nach, wägte seine Möglichkeiten ab, in die Küstenstadt Mombasa zu reisen und sein Glück zu versuchen. Er ging in Kibera zu Grunde.

Als Leya eines Nachts von der Bar kam, wartete er schon auf sie und erzählte ihr von Mombasa. Doch sie war wenig begeistert:

„Saitoti, du bist ein Träumer. Immer hast du Pläne und sprichst von einem besseren Leben. Aber sieh dich doch um, wohin uns das gebracht hat. Was soll eine andere Stadt daran ändern?"

Noch nie hatte Leya so mit ihm geredet. Er schwieg für einen Moment und rang nach Worten:

„Merkst du nicht, was dieser Ort mit uns macht? Wir werden zu Tieren und verrecken hier, wenn wir nicht gehen."

Tränen der Verzweiflung standen in seinen Augen, doch Leya schien bereits resigniert zu haben. Sie schüttelte den Kopf:

„Ach hör schon auf, ich bin müde. Lass mich endlich schlafen."

So ging es von da an Nacht für Nacht. Die beiden diskutierten, stritten und fanden keine Lösung. Bis Saitoti es leid war und den Entschluss faste alleine zu gehen.

An einem nebeligen und kühlen Morgen, brach er mit einigen Männern aus der Nachbarschaft in Richtung Mombasa auf. Nur mit einem T-Shirt und verschlissenen Jeans bekleidet, fröstelte er, aber er tat es. Die Männer nickten stumm, als er zur Gruppe stieß und der Eine, den er etwas näher kannte, reichte ihm eine Zigarette. Niemand fragte nach den Beweggründen des Anderen und überhaupt redete man nur wenig. Jeder schien mit seinen eigenen Gedanken beschäftigt. Ohne noch einmal zurück zu blicken, setzte Saitoti einen Fuß vor den anderen, bis er sich dem Rhythmus seiner Gefährten angepasst hatte. Seinen Blick hielt er gesenkt und konzentriert auf jeden seiner Schritte, um dem Drang zu wiederstehen, doch zurück zu Leya zu rennen und sich seinem Schicksal zu ergeben. Wie eine Maschine, die nur noch funktioniert, lief er immer weiter mit den Männern, bis es ihnen endlich gelang einen Bus für die nächste Etappe ihrer Reise zu nutzen. Erschöpft viel Saitoti auf einen der Sitze und kämpfte mit den Tränen, die in ihm hochstiegen. Doch er kehrte nicht um. Zum ersten Mal seit langem, dachte er wieder an seinen Traum, indem ihn der Krieger zum großen Wasser geführt hatte. Damals im Dorf hatten die Sequenzen weit weg und unwirklich geschienen, doch nun glaubte er immer mehr einen Sinn darin zu sehen. Hielt sich an den Gedanken fest, bald an den Ufern des unergründlichen Meeres zu stehen und überzeugt sich selbst davon, dass die Ahnen ihn dorthin führten.

Das Gesicht von Leya, ihre feinen Züge, die Silhouette ihres Körpers, verdrängte er im Verlauf der Reise immer mehr. Versuchte sich innerlich von ihr, seinen Leuten, von allem zu lösen und war schließlich nicht mehr sicher, ob er noch er selbst war.

DAS LEBEN AN DER KÜSTE

Als sie sich endlich der Küstenregion näherten, die Vegetation und die Luft eine andere wurde, kam plötzlich auch Leben in die Gruppe. Man konnte die Unruhe und Aufregung der Männer spüren. Alle waren gelöster und zu Scherzen aufgelegt, als hätten sie die Schatten des Molochs Kibera schließlich abgeschüttelt. An den Abenden saßen sie nun zusammen und es wurde über das Leben in Mombasa an den Stränden spekuliert. Jeder von ihnen trug unzählige Hoffnungen und Träume in sich. Doch letztendlich würde es für die Meisten dabei bleiben, Geld für ihre Familien in Kibera oder den Dörfern zu verdienen und zu Beginn der Regenzeit wieder nach Hause zu reisen.

Saitoti hingegen fühlte sich ihnen Allen überlegen. Er hielt sich für frei, hatte keine Last von Familie mehr zu tragen und konnte tun was er wollte. Als sie Mombasa erreichten, trennte er sich eilig von der Gruppe, mit dem Plan auf eigene Faust, ohne Konkurrenz, einen guten Job zu finden, um viel Geld zu verdienen.

Das Gefühl war überwältigend, als er zum ersten Mal den weichen Sand von „Diana Beach" unter seinen Füßen spürte und das große, unendliche Wasser sah. Die warme Brise streichelte sanft seine Haut und verscheuchte die Strapazen der Reise. Einen ganzen Tag lang nahm er sich Zeit, saß im Sand, schaute hinaus aufs Meer und lauschte dem verheißungsvollen Rauschen der Wellen.

Erst in der Abenddämmerung stand er auf und trieb sich in der Nähe einer Strandbar herum, in der Hoffnung jemand würde ihm ein Bier spendieren. Es dauerte nicht lange, bis ein älterer Herr ihn ansprach, der draußen an einem Terrassentisch saß und rauchte:

„Du bist Neu, oder? Ich hab dich hier noch nicht gesehen. Woher kommst Du?"

„Aus Nairobi", antwortete Saitoti.

„Nein", der Alte lachte „ich meine ursprünglich."

„Samburu Distrikt."

Der Alte klopfte ihm wohlwollend auf die Schulter.

„Dann komm Samubru Krieger, trink ein Bier mit mir. Ich lade dich ein."

Saitoti entspannte sich zufrieden und sie setzten sich gemeinsam an die Bar. Der alte Herr stellte sich als James vor und lebte angeblich schon seit vielen Jahren mit einer weißen Frau aus Schweden am „Diana Beach". Er erzählte von einem kleinen Haus, oberhalb der Strandpromenade, dass die Schwedin für ihn gekauft hatte. Die Frau selbst, war immer nur alle paar Monate dort, da sie noch ihrer Arbeit in Schweden nachging.

Saitoti beäugte James aus dem Augenwinkel, während der die zweite Runde Bier bestellte. Er war sehr gepflegt, trug teure Kleidung und hatte einen leichten Bauchansatz. Wenn er es clever anstellte, würde er in ein paar Monaten genauso aussehen:

„Was arbeitest du? Kannst du mir vielleicht helfen eine Job in einem der Hotels zu finden?"

James schnaubte verächtlich.

„Junger Freund, meine Aufgabe ist es, mich um die Schwedin zu kümmern, wenn sie hier ist. Ihr das Leben so angenehm wie möglich zu machen. Im Gegenzug sorgt sie dafür, dass mein Bankkonto immer gefüllt ist."

Saitoti sah ihn ungläubig an:

„Und was tust du in der restlichen Zeit?"

„Das Leben genießen, mein Bruder!"

James lachte laut und sie stießen mit ihrem Bier an.

„Hör mir gut zu, Krieger. Du bist wesentlich jünger als ich, zwar etwas klein, aber insgesamt siehst du gut aus. Es ist vollkommen sinnlos, sich in den Hotels abzuschuften für wenig Gehalt. Nimm einfach was du brauchst, von den weißen Touristinnen. Unser Kontinent wird seit Jahrhunderten von ihren Männern ausgebeutet, daher haben wir jedes Recht der Welt ihre Frauen zu ficken und ihnen ihr Geld abzunehmen. Auf diese Weise können wir uns wenigstens etwas von unserer Würde zurückholen."

Saitoti konnte den Ausführungen des Alten nicht ganz folgen, so etwas hatte er noch nie gehört. Anscheinend vertrug der den Alkohol nicht oder hatte aus Langeweile zu viel über die weißen Leute und ihre Machenschaften nachgedacht. Im Grunde war es Saitoti egal, wer welche Rechte hatte, den Anderen auszubeuten, solange das Geld nur in seine Taschen fließen würde. Wenn er dafür nicht einmal hart arbeiten musste, umso besser.

Er nahm einen Schluck Bier und genoss, wie das kühle Getränk seine Kehle hinunter glitt. Dabei beobachtete er sein Gegenüber genau. James wirkte einsam auf ihn und darin lag Saitotis Chance. Er würde von James Erfahrungen mit den Weißen lernen und profitieren.

„Könnte ich eine Weile bei dir unter kommen, bis ich etwas Eigenes gefunden habe?"

James bestellte gerade das dritte Bier für sie.

„Hm", der Alte hielt einen Moment inne, antwortete dann jedoch lachend:

„Aber nur bis die Schwedin wieder zurückkommt", und sie stießen auf ihr neues Arrangement an.

Von nun an waren die beiden ein Team, in der Regel genügte es, am Strand ohne T – Shirt im seichten Wasser spazieren zu gehen. Viele der Touristinnen winkten sie näher, in die privaten Bereiche der Hotels, gaben ihnen Drinks aus oder ließen sich mit Sonnencreme von ihnen einreiben. Dann wurden die Verabredungen für die Abende gemacht. Saitoti hatte den Bogen schnell raus und fühlte sich gut dabei. Die Schmeicheleien und das unverhohlene Interesse an seinem Körper fütterte sein Ego. Manchmal trieb er es auf die Spitze und traf sich in einer Nacht mit drei Frauen hintereinander. Er spulte dabei immer dasselbe Programm ab, wusste wie er möglichst wenig von sich gab, um möglichst viel von der Frau zu erhalten.

Gelegentlich kam es aber auch vor, dass ihm eine der Damen gefiel und er mehrere Tage am Stück mit ihr verbrachte. Dann ließ er sich komplett von ihr aushalten und forderte teure Geschenke. Auf diese Art war es leicht an Designerkleidung, Armbanduhren und Schmuck zu kommen. Für ihn war kein erkennbares Risiko damit verbunden. Die weißen Frauen hatten nicht einmal Aids, da war er sich sicher, so gepflegt und naiv wie die waren. Die meisten verheiratet mit irgendwelchen alten Säcken und vertrocknet, als hätten sie Jahre keinen Sex mehr gehabt.

James konnte bereits nach wenigen Wochen Saitotis Erfolg und Beliebtheit bei den Damen nicht mehr aushalten. Er selbst war bereits zu alt und die Eifersucht war ihm ins Gesicht geschrieben, bei jeder Aufmerksamkeit oder Bevorzugung die Saitoti von den Touristinnen erhielt.

Als Saitoti eines Nachts von einer Disco nach Hause kam, forderte James plötzlich Miete von ihm und einen Anteil seiner täglichen Einnahmen, weil er ihn ins Geschäft eingeführt hatte. Saitoti nahm ihn nicht ernst:

„Du musst verrückt geworden sein, alter Mann. Oder ist der Alkohol dir zu Kopf gestiegen?"

„Ohne mich wärst du nichts", schrie James, „ein stinkender Penner am Strand."

Für den Bruchteil einer Sekunde glaubte Saitoti die Stimme seines Vaters in den Worten von James zu hören und verlor die Kontrolle. Er ging auf den Alten los, konnte nicht mehr aufhören ihn zu schlagen, bis der reglos auf dem Fußboden liegen blieb. Schnell suchte er seine Habseligkeiten zusammen und verließ das Strandhaus im Schutz der Dunkelheit, ohne sich noch einmal umzublicken. Hinter einem Busch in Strandnähe wechselte er die blutbespritzte Kleidung und versuchte einen klaren Kopf zu bekommen. Von weitem hörte er Musik und das Gelächter von Touristen aus den nahegelegenen Hotelanlagen. Er wusste nicht mehr wohin, seine Umgebung schien plötzlich fremd.

Als er sich etwas beruhigt hatte, wankte er hinunter in die Bucht und verbrachte den Rest der Nacht auf einer Bank mit der Hoffnung, dass das monotone Rauschen der Wellen ihn irgendwann in Schlaf hüllen würde. Doch es war als tanzte der Teufel in seinem Hirn wilde Tänze. Er sah die Gesichter seiner Eltern, Geschwister und von Leya so real vor sich, als seien sie gerade aus den Fluten des Meeres gestiegen. Sie blickten ihn vorwurfsvoll an, kamen näher, zogen und zerrten an ihm und egal wie er sich wand, er konnte sich ihnen nicht entziehen. Er dachte er verlöre den Verstand.

Bei Sonnenaufgang erhob er sich mechanisch und ging ins Wasser. Schon nach wenigen Metern umspülten ihn die Wellen und seine Füße fanden keinen Halt mehr. Saitoti versank in der Tiefe und als seine Lungen sich mit Wasser füllten, kam plötzlich die Stille, vollkommene Stille. Er konnte hinauf blicken in den stahlblauen Himmel und wusste, dass er zu Hause im Distrikt war. Ein Vogel, riesig und mit einem Gefieder wie Feuer, segelte anmutig auf den Luftströmungen, kam ihm immer näher, bis er unerwartet zum Sturzflug ansetzte und Saitoti mit seinen scharfen Krallen packte. Er schrie vor Schmerz, als das Tier ihn in den Himmel hob und aus den Tiefen des Meeres zog. Erschöpft fand er sich am Strand wieder und tastete panisch nach seinem Herz, doch es schlug noch in seiner Brust. Er war nicht tot, aber ein Gefühl von unendlichem Verlust überkam ihn und er blieb zitternd im Sand liegen. Irgendwann verjagten ihn zwei Sicherheitsleute eines Hotels. Einige Zeit irrte er umher, bis er in einem alten Gewächshaus einen sicheren, stillen Platz fand. Dort streckte er sich auf dem harten Boden aus, legte den Kopf auf seinen Rucksack und fiel in dumpfen, traumlosen Schlaf. Es war bereits dunkel, als er endlich wieder aufwachte und klare Gedanken zu ihm zurück fanden.

In den darauffolgenden Tagen suchte er sich ein Zimmer in einer Pension für Langzeiturlauber und ließ es erst mal ruhig angehen. Er mied den Strand, weil er nicht wusste ob James ihn bei der Polizei angezeigt hatte und man ihn suchte.

Die Pensionsbetreiberin war eine Frau mittleren Alters aus England und hatte gleich beim Einchecken einen Narren an ihm gefressen. Plump versuchte sie ständig mit Saitoti zu flirten, wenn sie ihn sah. Anfangs belächelte er sie arrogant, doch als sein Geld immer knapper wurde, ging er auf ihre

Avancen ein. Für Sex ließ sie ihn mietfrei in der Pension leben und mehrfach machte sie Saitoti sogar das Angebot, ihn mit in ihre Heimat nach England zu nehmen.

Saitoti wähnte sich am Ziel seiner Träume, die Möglichkeit Afrika zu verlassen, in greifbarer Nähe. Trotzdem widerstrebte es ihm, dafür mit einer alten, unattraktiven Frau zusammen leben zu müssen. Daher schaute er sich gezielter bei den jüngeren Touristinnen um und machte kurz vor Beginn der Regenzeit Bekanntschaft mit Kathrin, die ganz nach seinem Geschmack war. Eine lebhafte und intelligente Frau, die noch studierte. Besonders mochte er ihr blondes, langes Haar, das immer duftete, wenn sie ihren Kopf an seine Brust legte. Zwischen ihnen beiden bestand eine starke, sexuelle Anziehungskraft und Saitoti wusste mittlerweile genau, wie er dies für sich und seine Pläne nach Europa zu kommen, nutzen konnte.

KAPITEL 3: LEYA

ZURÜCK IM DORF

Der meckernde Schrei einer jungen Ziege weckte Leya. Fröstelnd trat sie aus ihrer Manyata hinaus ins Freie. Sie hatte länger geschlafen als sonst. Ein kleines Feuer loderte bereits, um das die Kinder ihrer Schwester kauerten und schweigend ihren Chai tranken. Ihre Schwester selbst war nicht in Sichtweite. Wie jeden Morgen griff sie die leeren Kanister, die neben der Hütte ihres Schwagers standen und machte sich auf den Weg zur Wasserstelle.

Der Tag war bereits erwacht, Tierlaute drangen aus allen Richtungen an ihr Ohr. Auf einer kleinen Anhöhe, unmittelbar vor dem Flusslauf blieb sie stehen, streifte ihre Sandalen ab und trat mit den nackten Füßen in die noch kühle Erde. Sie blickte in die Ferne. Ein Rabe kreiste lange über dem Tal, bis er sich schließlich in den Wipfeln einer Schirmakazie niederließ. Doch die Schotterpiste, der ihr eigentliches Interesse galt, blieb verwaist. Das Warten auf Saitoti würde auch heute kein Ende nehmen. Resigniert brach sie ihr tägliches Ritual ab, schlüpfte zurück in ihre Schuhe und setzte ihren Weg zur Wasserstelle fort.

Oft versuchte sie sich vorzustellen, wie Saitoti heute wohl aussah, als älterer Mann, mit Falten und grauem Haar an den Schläfen. Es war nun 22 Jahre her, dass er sie verlassen und ohne ein Wort in der Wellblechhütte in Kibera zurückgelassen hatte. In den ersten Tagen hatte sie noch auf eine Nachricht gehofft, sich eingeredet er hätte vielleicht einen Unfall gehabt und würde bald wieder vor ihrer Tür stehen. Doch im Grunde hatte sie nur nicht einsehen wollen, dass er seine Pläne wahr gemacht hatte, ohne sie.

Irgendwann hatte ihr eine Nachbarin bestätigt, dass Saitoti mit den anderen Männern nach Mombasa aufgebrochen war und wenn das Wetter umschlüge, die Regenzeit einsetze, würden sie zurückkehren.

Von da an war Leya jeden Morgen zum Busbahnhof gegangen, hatte ihren Blick über das Gewühl von Reisenden schweifen lassen und versucht Saitotis vertraute Gesichtszüge in der Menge auszumachen. Doch vergebens, nach und nach waren die anderen Männer der Gruppe nach Kibera zurückgekehrt, alle bis auf Saitoti. Die Leute hatten begonnen über sie zu lachen und sie für verrückt zu halten, weil sie nicht verstand, dass sie von ihrem Ehemann verlassen worden war. Nur der einen Nachbarin hatte sie leidgetan. Die erzählte ihr, worüber alle bereits tratschten. Saitoti war in Mombasa geblieben, weil er eine weiße Frau kennengelernt hatte, die ihn mit nach Europa nehmen wollte.

Diese Nachricht war in Leyas Innerstes eingedrungen, hatte in ihr gewütet, bis sie sich nur noch leer und taub gefühlt hatte. Tagelang war sie nicht aus dem Bett aufgestanden. Es war ihr egal gewesen, dass sie in ihren eigenen Fäkalien gelegen hatte und keine Nahrung mehr zu sich nahm. Vollkommen geschwächt, hatte sie dumpf auf die Tür ihrer Behausung gestarrt und gewartet in welcher Form der Tod eintreten würde. Bis schließlich eines Morgens im Türrahmen, die Gestalt von Mama Sula aufgetaucht war. Erst hatte sie an ein Trugbild geglaubt, einen Geist, der sie noch mehr quälen wollte. Doch als sie die donnernde Stimme von Mama Sula gehört hatte, die ihr befal aufzustehen, wusste sie, dass es kein Traum war. Noch am selben Abend hatte sie gewaschen und mit einem sauberen Kleid der Nachbarin am Leib, im Bus zurück in ihr Dorf, zu ihren Leuten gesessen.

Die Ankunft im Dorf war überwältigend gewesen. All die vertrauten Gesichter, warmen Hände und weichen Schultern, die sie drückten. Ihre Schwester und Schwager hatten sie aufgenommen, tagelang für sie gekocht, bis sie wieder zu Kräften und Verstand gekommen war. Die Verwandten gaben sich ihr gegenüber alle so freundlich, dass sie einige Wochen brauchte um einzusehen worauf der Klan aus war.

Gerüchte hatten sich verbreitet, Leya würde bald Geld von ihrem Ehemann aus Europa geschickt bekommen. Der Klan hatte sich ein sicheres Einkommen und Wohlstand erhofft. Doch als die Zahlungen ausblieben, war ihre Schwester wie ausgewechselt gewesen. Sie begann all die harte Arbeit, die sie selbst nicht machen wollte, auf sie abzuwälzen und auch die vielen Kinder versorgte seitdem sie. Letztendlich hielt sie ihren Schwager mit wagen Versprechungen eine Weile hin, bis er nicht mehr fragte und ertrug die Launen ihrer Schwester, aus Angst verjagt zu werden. Doch soweit war es bisher nie gekommen. Sie hatte sich geschickt in das Leben ihrer Schwester integriert und sich unentbehrlich gemacht. Alleine schon aus Bequemlichkeit duldete man sie.

Nachdem sie alle Kanister mit Wasser gefüllt hatte, trat sie den beschwerlichen Heimweg an. In solchen Momenten wünschte sie sich immer eigene Kinder gehabt zu haben, die sie von den bitteren Gedanken abhielten und ihr Teile der schweren Arbeit im Alltag abnahmen. Doch dazu war es nie gekommen.

Zurück im Dorf setzte sie die Wasserkanister neben der Feuerstelle ab und begann das Frühstück für ihren Schwager vorzubereiten, bevor sie zum Melken der Ziegen und sammeln von Feuerholz ging.

TEIL 2: KATHRIN UND SAITOTI

KAPITEL 1: KATHRIN

ERINNERUNGEN

Kathrin kam mit einem Korb nasser Wäsche aus dem Keller und knallte die Wohnungstür hinter sich zu. Im Augenwinkel sah sie gerade noch ihren mittleren Sohn aus ihrem und Saitotis Schlafzimmer flitzen. Widerwillig ging sie nachschauen. Die Kinder hatten offenbar den Karton mit den alten Fotos unter dem Ehebett entdeckt und darin herum gewühlt. Die Hälfte der Bilder lag im Zimmer verstreut. Ärgerlich begann sie Ordnung zu schaffen, wobei ihr ein alter Brief von Saitoti in die Hände fiel. Die Kinder hatten versucht, ihn in den Spalt zwischen Matratze und Rahmen des Doppelbetts zu stopfen. Behutsam strich sie den Umschlag wieder glatt und betrachtete das Logo des Diana Beach Hotels für einen Moment. Es war der erste, unerwartete Brief, den sie damals von Saitoti aus Kenya erhalten hatte. Sie konnte sich nicht mehr daran erinnern, dass sie ihn aufbewahrt hatte. Plötzlich kam es ihr so unwirklich vor, bereits seit sieben Jahren mit Saitoti verheiratet zu sein und drei Kinder mit ihm zu haben.

Lautes Stimmengewirr, gefolgt von Geschrei, drang aus dem Nebenzimmer zu ihr herüber. Wenige Minuten später erschien ihre Tochter im Türrahmen und verpetzte ihre kleinen Brüder. Mit einer beiläufigen Handbewegung ließ sie den Brief unter ihr Kopfkissen gleiten und schaute im Kinderzimmer nach dem Rechten.

Erst am Abend, als es endlich ruhig in der Wohnung geworden war, holte sie bei einem Glas Wein den Umschlag wieder hervor. Vorsichtig befühlte sie ihn mit beiden Händen und konnte etwas Hartes, Langes ertasten. Die Feder, sie war noch da. Behutsam öffnete sie die Lasche und ein warmes Licht schien im Inneren zu flackern, gelb, orange und rot leuchtete die Feder eines exotischen Vogels, die Saitoti damals seinen Worten an sie beigefügt hatte. Anzüglichen Worten, gemischt mit Zärtlichkeiten, die Kathrin auch jetzt noch ein Kribbeln im Bauch spüren ließen, oder vielleicht war es auch nur der Wein, der sie sentimental werden ließ.

Für sie war Saitoti eigentlich nur ein Urlaubsflirt gewesen, Wochen voller Partys und Sex, wie im Rausch. Doch später, als in Deutschland der triste Alltag sie bereits wieder fest im Griff gehabt hatte, waren die Briefe gekommen. Unzählige, schillernde Seiten, in denen Saitoti sie bekniet hatte, abermals zu ihm nach Kenya zu reisen. Noch nie zuvor hatte ein Mann ihr derart geschmeichelt und sie so gewollt. Aber all das war lange her, die Realität hatte sie eingeholt. Wahrscheinlich war ihr Zusammenleben von Anfang an zum Scheitern verurteilt gewesen. Sie hatte einen Partner gebraucht, der ihr mit allem half und keinen König, den sie auch noch zusätzlich umsorgen sollte. Wütend über sich selbst, legte sie den Brief bei Seite. Es war alles nur Betrug, keine wirkliche Liebe. Seitdem er eine Aufenthaltsgenehmigung erhalten hatte, ging er ihr ohnehin so gut er konnte aus dem Weg. Er war fast nie zu Hause. Sie kümmerte sich immer um alles, den Papierkram, die Kinder, und hatte bis heute ihr Studium nicht abgeschlossen. Auch an diesem Abend wusste sie nicht, wo Saitoti war. Meistens log er sie sowieso an. Sie füllte ihr Glas erneut mit Wein und schaltete den Fernseher ein.

KAPITEL 2: SAITOTI

DAS LEBEN MIT KATHRIN

Etwas in Saitotis Hose vibrierte unangenehm. Er drehte sich auf den Rücken, doch auch der Positionswechsel änderte nichts an der Störung. Verwirrt schlug er die Augen auf, tastete nach seinem Handy und stellte den Wecker aus.

Der grüne Vorhang am Fenster bewegte sich leicht, durch den Windzug der offenen Balkontür. Draußen war es still. Im Raum konnte er leises, gleichmäßiges Atmen neben sich wahrnehmen. Beim Aufsetzen im Bett breitete sich ein pulsierender Schmerz hinter seinen Schläfen aus. Der Alkohol war noch nicht aus seinem Körper gewichen.

Die halbe Nacht hatte er in einer kenyanischen Kneipe am Dom zugebracht und sich von einer hässlichen Kikuyu Frau ein Bier nach dem anderen ausgeben lassen. Als sie an den Punkt gekommen waren, dass die Frau anzügliches Zeug in sein Ohr flüsterte und ihn anfasste, hatte er sich angewidert mit irgendeiner Ausrede davongemacht.

Im Grunde hatte Saitoti vorgehabt, nach Hause zu Kathrin und den Kindern zu gehen. Doch dazu war er innerlich noch viel zu unruhig gewesen. Unter keinen Umständen hätte er schlafen können und bei Kathrin an Sex zu kommen war langwierig. Er entschied sich kurzer Hand, noch bei einer seiner Bekanntschaften zu klingeln, die ganz in der Nähe seiner Bahnhaltestelle nach Hause wohnte. Anna war auch tatsächlich mitten in der Nacht aufgestanden und hatte ihn reingelassen.

Bereits im Flur ihrer Wohnung waren sie zur Sache gekommen. Er hatte ihr das knappe Nachthemd über den Kopf gezogen und es ihr im Stehen gemacht. Genau das hatte er gebraucht. Im Bett war es dann weiter gegangen, bis ein Nachbar wütend gegen die Wand hämmerte.

Jetzt murmelte Anna, er müsse zur Arbeit, und versuchte ihn im Halbschlaf aus dem Bett zu schieben. Endlich stand er auf, griff seine Unterhose vom Boden und taumelte ins Badezimmer. Zum Duschen war keine Zeit mehr. Er zog die muffigen Klamotten vom Vortag an und wollte zur Tür hinaus, als ihm einfiel, dass Anna es gerne hatte, wenn er sich von ihr verabschiedete. Schnell huschte er zurück ins Schlafzimmer, drückte ihr einen flüchtigen Kuss auf die Wange und log, er würde direkt nach der Arbeit wieder zu ihr kommen.

Die Luft war frisch und kühl, als er aus dem Treppenhaus ins Freie trat. Trotzdem wurde das Pochen in seinem Schädel immer stärker, und als er endlich auf seinem Fahrrad in Richtung Arbeit saß, war es bereits aussichtslos, noch rechtzeitig zu Schichtbeginn in den Betrieb zu kommen. Wütend trieb er sich selbst zur Eile an. Mit einer weiteren Abmahnung würde sein Chef sich nicht mehr abgeben. Heute würde er seinen Job verlieren, dass spürte er.

In ihm stieg Übelkeit auf, und er sah sich gezwungen anzuhalten. Er schaffte gerade noch die drei Schritte zur Straßenböschung, bevor der Brechreiz ihn derart schüttelte, dass er zu Boden sackte und seinen Mageninhalt auf Knien ins Halbdunkel spie. Danach dauerte es, bis er in der Lage war, sich überhaupt wieder auf sein Fahrrad zu setzen.

Eine Stunde nach Schichtbeginn betrat Saitoti endlich die grell erleuchteten, sauberen Firmenhallen der Metzgerei. Sein Chef fing ihn direkt an der Eingangstür ab und teilte ihm in barschem Ton mit, er könne am Ende der Woche seine Papiere im Personalbüro abholen. Saitoti versuchte sich zu rechtfertigen:

„Mir geht es nicht gut, ich musste mich auf dem Weg hierher ein paar Mal übergeben."

„Immer nur Ausreden", donnerte der Chef.

„Jemand mit deiner Arbeitseinstellung hat in einem deutschen Unternehmen nichts verloren. Ich habe dir die Chance gegeben, hier eine Ausbildung zu machen und, du bist nichts als eine Enttäuschung."

Für einen winzigen Augenblick, setzte bei Saitoti vor Wut alles aus und er war im Begriff auf seinen Chef loszugehen. Doch dann schaffte er es zu atmen und die Kontrolle zurück zu erlangen, schnell drehte er sich um und verließ den Eingangsbereich. Niemand durfte so mit ihm reden, es war nicht seine Schuld, dass er krank war. Mit Wucht boxte er gegen die Tür seines Spinds, zog sich aber dennoch seine Arbeitskleidung an. Auf dem Weg in die große Halle trat er noch zweimal gegen eine Tonne mit Fleischabfällen, bevor er mit der Erledigung seiner Aufgaben begann. Meistens war er ohnehin mit nichts anderem als der Reinigung von Schlachtutensilien und Maschinen betraut. Dass er von Kindesbeinen an Ziegen und Rinder geschlachtet hatte und über eine ausgezeichnete Technik verfügte, zählte hier nichts.

In der Frühstückspause hatte er sich wieder etwas beruhigt und beobachtete neidvoll, wie seine Kollegen frisch belegte Brote aus der Kantine aßen und Kaffee aus ihren Thermoskannen tranken. Er selbst hatte nicht einmal 50 Cent, um sich einen ekelhaft schmeckenden Kaffee am Automaten im Pausenraum zu ziehen. Ein russischer Kollege hatte ihn beobachtet und gab ihm ein paar Münzen aus seiner Hosentasche, bevor er sich kopfschüttelnd zu seinen Landsleuten setzte. Was sie redeten, verstand er nicht, wahrscheinlich hatte sich schon herumgesprochen, dass er gekündigt worden war. Er schämte sich und ging mit seinem Kaffee allein nach draußen auf den Parkplatz.

Nach einigen Schlucken spürte er die Übelkeit erneut aufkommen und beeilte sich, noch vor Pausenende in die Waschräume zu kommen. Dort übergab er sich in eins der Waschbecken und bemerkte nicht gleich, dass die Tür sich hinter ihm geöffnet hatte:

„Mein Mann hat dich also entlassen, schade."

Eine warme Hand legte sich auf seine Schulter und tätschelte ihn fürsorglich. Es war nicht das erste Mal, dass die Frau seines Chefs ihm hier auflauerte.

„Vielleicht kann ich ja nochmal mit ihm reden."

Sie kam näher und er konnte den süßlichen Duft ihres „alte Frauen – Parfums" riechen. Angewidert starrte er in den Abfluss, wo noch Spuren von Galle und Kaffee herum schwammen.

Ruckartig umschlang sie ihn von hinten, doch Saitoti wehrte sie ab, hielt ihre Handgelenke ganz fest und starrte ihr in die Augen:

„Ich brauche deine Gefallen nicht mehr, alte Frau. Du bist ekelhaft."

Das Pausensignal bereitete dem Trauerspiel ein Ende. Erleichtert ließ er sie einfach stehen und wankte zurück an seinen Arbeitsplatz. Den Rest des Tages versuchte er nur noch irgendwie durchzuhalten.

Nach Schichtende ließ er sein Fahrrad im Hof der Metzgerei zurück und fuhr ohne Fahrkarte mit der S – Bahn nach Hause. Unterwegs rief Anna ununterbrochen an, bis er es nicht mehr aushielt und den Anruf annahm. Sie wollte wissen, ob er schon auf dem Weg zu ihr sei und bot an, etwas für ihn zu kochen. Sie dachte tatsächlich, Saitoti hätte seine Worte vom Morgen ernst gemeint. Was ihn anspornte, weiter zu lügen und ihr eine Ausrede von Überstunden aufzutischen. Er konnte die Enttäuschung in ihrer Stimme hören und es gab ihm ein Gefühl von Überlegenheit.

Plötzlich blieb die S – Bahn mitten im Nirgendwo einfach stehen und die Handyverbindung riss ab. Geschlagene 20 Minuten passierte nichts, der Fahrer gab schließlich bekannt, es handele sich um eine Signalstörung.

Als er endlich zu Hause vor dem Mietshaus ankam, machte er sich nicht mehr die Mühe, noch hinauf in seine und Kathrins Wohnung zugehen. Die Übermittagsbetreuung seiner ältesten Tochter hatte bereits vor einer Viertelstunde geendet, und es war seine Aufgabe, Nasrin nach der Arbeit dort abzuholen. Im Laufschritt hetzte er zu ihrer Schule, und als er um die Ecke bog, saß sie schon auf den Stufen vor dem Eingang. Frau Sommer, die Betreuerin, rauschte ohne ein Wort der Begrüßung an ihm vorbei:

„Ich kann wegen ihnen nicht ständig Überstunden machen. Nächsten Monat ist Nasrin raus aus der Übermittagsbetreuung. Ihre Frau soll mich anrufen."

Sie stieg zu ihrem wartenden Mann ins Auto, der ihn eisig anstarrte, bevor er losfuhr. Saitoti kannte diesen herablassenden Blick von Weißen nur zu gut. Diese Leute hatten nichts anderes von ihm erwartet. Er konnte in diesem Land einfach nicht gewinnen, egal was er tat.

Auf dem gesamten Weg nach Hause sprach seine Tochter kein einziges Wort mit ihm. Egal was er sie fragte oder ihr versprach, sie blieb stumm und er schämte sich insgeheim. Hier ein Vater zu sein, war schwer. Die Männer aus seiner Heimat hätten ihn ausgelacht, dass er solche Aufgaben, wie Kinder abholen, übernehmen musste. Er tat es im Grunde auch nur, um Kathrin irgendwie zufrieden zu stellen. Aber es reichte nie, egal was er tat. Sie verstand ihn einfach nicht und er hatte aufgegeben, ihr noch irgendetwas zu erklären.

Am Kiosk ließ er ein Eis und ein Bier für sich anschreiben. Doch Nasrin wollte sich auch davon nicht bestechen lassen. Sie sah ihn nicht einmal an. Wütend schmiss er das Eis in die nächste Mülltonne.

Er wollte gerade die Wohnungstür aufschließen, als diese nachgab und mit Schwung von Kathrin aufgerissen wurde. Hektisch wuchtete sie ihm das Baby auf den Arm und verschwand schimpfend die Treppe hinunter. Er brüllte ihr hinterher, wollte wissen, wann sie zurückkäme, doch sie antwortete nicht mehr. Der Kleine auf seinem Arm stank erbärmlich und brauchte eine frische Windel. Auf Nasrins Hilfe konnte er dabei heute nicht zählen. Sie war im Kinderzimmer verschwunden und stritt sich dort bereits lautstark mit ihrem anderen Bruder. In der Küche schaltete er das Radio ein, damit er die Kinder leichter ignorieren konnte. Dann suchte er überall in den Schränken nach Zigaretten. Schließlich rauchte er einen alten Stummel aus dem Aschenbecher vom Vortag zu Ende. Sein mittlerer Sohn kam in die Küche und hatte Hunger. Er begann aus dem was an Lebensmitteln noch da war, etwas zu kochen. Eine halbe Stunde später sah er seinen Kindern beim Essen zu, bis sie satt waren. Für ihn war nichts übriggeblieben. Er legte sich mit seinem Bier auf die Couch und schaltete den Fernseher an. Das Baby schlief auf seinem Bauch ein, und die beiden anderen spielten irgendwas in ihrem Zimmer.

Es war bereits früher Abend als er aufwachte. Die Kinder saßen vor dem Sofa auf dem Boden und hatten sein Programm auf den Kinderkanal umgeschaltet. Eigentlich hätten sie längst im Bett sein sollen. Ungeduldig wartete er auf Kathrin, damit er rausgehen konnte. Er würde sich morgen nicht mehr in der Metzgerei blicken lassen. Den Job war er ohnehin los, wozu also noch den Rest der Woche schuften. Er ging ins Schlafzimmer und durchwühlte Kathrins Sachen erfolglos nach Geld. Unruhig ging er ins Badezimmer und suchte in der dreckigen Wäsche weiter nach Münzen. Keiner seiner Kumpels lieh ihm mehr Geld, sie kannten ihn und wussten, dass er Schulden nie zurückzahlte. Er hätte bei Anna vorbeigehen können, sie wartete ohnehin auf ihn. Bei ihr essen und sie später um Geld bitten. Aber wahrscheinlich würde es nicht funktionieren. Sie würde dann mit ihm Ausgehen wollen, was er hasste. Das war den Aufwand nicht wert. Lieber wollte er sich alleine in einem Club besaufen, tanzen und flirten, sich von fremden Frauen umschmeicheln lassen und das Hochgefühl auskosten, wenn er sie ins Bett kriegte. Genau das war es, was er jetzt brauchte, um seine Kündigung aus dem Kopf zu kriegen.

Nachdem er auf dem Balkon, außerhalb der Hörweite seiner neugierigen Kinder, diverse Frauen abtelefoniert hatte, blieb nur noch eine Bekanntschaft für seine Abendpläne übrig. Er hatte sie letztes Wochenende in einem Club in der Nähe des Bahnhofs flüchtig kennengelernt und nicht vorgehabt, sich nochmal bei ihr zu melden. Sie war viel älter und verheiratet. Doch was blieb ihm jetzt anderes übrig. Er fühlte sich wie in einem Tunnel und konnte an nichts anderes mehr denken. Nur raus hier, einfach raus. Einen Abend zu Hause mit Kathrin würde er nicht überstehen. Sie hatte ein

Gespür für Dinge, über die er eigentlich nicht sprechen wollte und sobald sie herausbekommen hätte, dass er gekündigt worden war, wäre die Hölle losgebrochen. Der Druck in ihm zu flüchten stieg und er war erleichtert, die Stimme der Frau am Telefon zu hören. Sie war ohne Umschweife sofort bereit, ihn auf ein Bier in der Innenstadt zu treffen. Nun brauchte er aber noch etwas Geld, um ihr mindestens einen Drink ausgeben zu können. Das war der Trick, danach würde es ihm gelingen zu verbergen, dass er pleite war.

Er wartete eine weitere halbe Stunde vergeblich auf Kathrin und klingelte dann nervös nebenan bei Frau Schmitz. Die Rentnerin passte in Notfällen manchmal auf die Kinder auf. Es gelang ihm, ihr glaubhaft zu vermitteln, dass er zur Nachtschicht müsste. Seine Frau wäre von ihrem Abendkurs noch nicht zurück, um die Kinder zu übernehmen. Mit dem Fahrrad würde er es nicht mehr rechtzeitig zum Schichtbeginn schaffen und womöglich den Job verlieren. Daher bräuchte er dringend 10 € für die S – Bahn. Verständnisvoll drückte die alte Dame ihm einen Geldschein in die Hand und ging mit ihrem Strickzeug rüber in seine Wohnung. Er verschwand eilig die Treppe hinunter, ohne sich bei den Kindern zu verabschieden.

Als er die Kneipe betrat, wartete die Frau bereits an der Theke auf ihn. In seiner Erinnerung war sie etwas hübscher und schlanker gewesen, doch jetzt gab es kein Zurück mehr. Saitoti setzte sein charmantes Lächeln auf und begrüßte sie herzlich mit angedeuteten Küssen auf die Wangen. Sie zog ihm einen Barhocker näher und er nahm Platz, berührte dabei scheinbar versehentlich ihr Knie mit seinem. Ließ sein Bein bewusst dort ruhen, direkt an ihrem und tat vertraut. Sie fühlte sich sehr geschmeichelt, dass merkte er sofort. Er bestellte hochprozentige Drinks und fokussierte seine

Aufmerksamkeit nur noch auf sie, stellte sein Handy aus, wollte nicht mehr gestört werden.

Nach etwa einer Stunde hatte er die Frau davon überzeugt, noch tanzen zu gehen und sie verließen die Kneipe Händchen haltend. Es war Donnerstagabend, und viele Studenten läuteten bereits das Wochenende ein. Am Eingang des von ihm ausgewählten Clubs zahlte seine Begleiterin ohne zu zögern seinen Eintritt. Der Türsteher grinste, und er zwinkerte ihm angeberisch zu. Drinnen kochte die Stimmung bereits. Der DJ legte einen Hit nach dem anderen auf und die Menge tobte auf der Tanzfläche. Er tauchte direkt ein in das Gedränge und spürte den Bass durch seinen Körper pulsieren. Das war es, was er jetzt brauchte, abschalten, alles raus tanzen, an nichts mehr denken. Doch seine Begleiterin wollte nicht ins Abseits geraten und flirtete plump weiter mit ihm. Genervt ließ er sie erst mal Getränke holen. Danach dauerte es nicht lange, bis sie ihren Hintern auf der Tanzfläche an seinen Baggiepans rieb. Sie versuchte auf ungeschickte Weise einige der afrikanischen Frauen, die sie umgaben, zu imitieren. Er trank einfach so lange weiter, bis es ihn nicht mehr störte und er sie sogar küsste. Sie hatte seinen Hunger geweckt. Er drängte sie in eine schlecht beleuchtete Ecke und wollte, dass sie seinen steifen Schwanz anfasste. Umstehende Männer lachten. Sie wich zurück. Woraufhin seine Laune kippte und er ihr gegenüber ausfallend wurde. Sie versuchte ihn zu beruhigen, doch es war zu spät. Die Sicherheitsleute packten ihn und setzten ihn laut randalierend vor die Tür.

Draußen ließ seine Aggressivität nicht nach. Mit allen Mitteln versuchte er einen der Türsteher zu provozieren, doch der ignorierte ihn, und schließlich konnte er nur noch verschwinden, bevor sie die Polizei riefen. Taumelnd lief er um die nächste Ecke, sackte wenige Meter weiter in einem

Hauseingang zusammen und musste sich übergeben. Danach schien seine Umgebung sich unaufhörlich zu drehen, und er schloss die Augen. Als er wieder zu sich kam, war es ruhiger geworden. Nur noch wenige Partygänger kamen in Sicht, und die Luft war angenehm kühl. Er aktivierte sein Handy wieder und sah mehrere Nachrichten, die auf dem Display erschienen durch. Anna hatte mehrmals vergeblich versucht ihn zu erreichen. Er rief sie an. Ihre Stimme klang verschlafen und etwas verwirrt, doch dass er sie geweckt hatte, war ihm egal. Er wollte in ihr warmes Bett, jetzt und flüsterte ein paar liebevolle Worte. Bei ihr würde er heute Nacht noch bekommen, was er wollte.

Irgendwie mochte er Anna. Sie war unkompliziert, stellte keine Forderungen an ihn wie Kathrin. Er konnte kommen und gehen wann und wie er wollte. Genaugenommen sahen sie sich fast nur nachts und hatten Sex. Ohne Küsse oder andere Zärtlichkeiten. Manchmal wunderte er sich, dass eine hübsche, gebildete Frau wie Anna etwas Derartiges mitmachte. Sie wusste kaum etwas über ihn und sein restliches Leben. Auch an diesem Abend war sie froh, dass er überhaupt zu ihr kam.

Gerade als er sich in ihrem Schlafzimmer auszog, kam eine Textnachricht von einem Bekannten, der ihn einlud, in eine Kneipe zwei Straßen weiter zu kommen. Sie seien dort noch zu Mehreren am Feiern. Er witterte die Chance auf Freibier. Doch zuerst bumste er Anna so lange, bis sie einschlief, und schlich sich dann leise wieder aus ihrer Wohnung, um seinen Kollegen noch zu treffen.

Irgendwann in den frühen Morgenstunden des nächsten Tages schleppte er sich sturzbesoffen endlich nach Hause. Kathrin und die Kinder waren schon wach. Sie machten sich fertig für die Schule und die Tagesmutter. Er schaffte es gerade noch, Kathrin zu bitten ihn bei der Arbeit krank zu melden, bevor er im Badezimmer kollabierte und in seiner eigenen Kotze vor der Waschmaschine einschlief.

KAPITEL 3: KATHRIN

KATHRIN HAT GENUG

Kathrin sah aus dem Fenster. Nebel lag über dem Fluss, der die wenigen, sichtbaren Gebäude am Hafenbecken mit Feuchtigkeit überzog. Es wurde Herbst, die satten Farben des Sommers verblassten, und die Welt schien an diesem Morgen nur noch aus Grautönen zu bestehen. Sie fühlte sich erschöpft und leer, war froh, dass die Kinder in der Schule und das Baby bei der Tagesmutter waren. Vor einer halben Stunde hatte auch Saitoti die Wohnung verlassen und sich auf den Weg zur Arbeit gemacht. Kathrin hatte ihn gehen lassen, obwohl sie wusste, dass er fristlos gekündigt worden war. Sein Chef hatte vor ein paar Tagen angerufen, weil er seine Papiere noch nicht beim Personalbüro abgeholt hatte.

Sie ging in die Küche, um sich eine Tasse Kaffee zu kochen. Im Geschirrschrank gab es keinen sauberen Becher mehr, geschickt fischte sie eine Tasse aus dem Waschbecken, wo sich das dreckige Geschirr seit Tagen stapelte. Ihr wuchs alles über den Kopf, der Haushalt, die Kinder und ihre

Beziehung zu Saitoti. Vor einem Dreivierteljahr hatten sie bereits vor einer Räumungsklage gestanden und letztendlich war ihre Mutter für die Mietschulden eingesprungen. Doch das würde sie kein zweites Mal tun.

Der Wasserkocher pfiff, und Kathrin brühte sich frischen Kaffee auf. Der vertraute Duft beruhigte sie ein wenig. Sie wusste, dass sie die Dinge selbst in die Hand nehmen musste. Im Grunde hatte sie schon viel zu lange gewartet. Es kamen nur noch Lügen aus Saitotis Mund.

Sie ging ins Schlafzimmer, auch hier herrschte Chaos, überall lag Saitotis dreckige Wäsche auf dem Boden. Kathrin begann die Kleidungsstücke einzusammeln und aufs Bett zu werfen. Dann nahm sie zwei der alten Reisetaschen aus dem Schrank, und nachdem beide prall gefüllt waren, stopfte sie den Rest in blaue Müllsäcke. Immer wieder kamen ihr die Tränen und sie musste eine Pause machen. Doch sie hörte nicht auf mit ihrem Vorhaben.

Am späten Nachmittag, kurz bevor die Kinder nach Hause kamen, stellte sie Taschen und Säcke mit Saitotis Zeug ins Treppenhaus vor die Wohnung. Der Mann vom Schlüsseldienst erschien wenig später und wechselte die Türschlösser aus. Dann begann das Warten, doch Saitoti kam nicht. Sie brachte die Kinder ins Bett, wie jeden Abend, und schlief irgendwann nach dem zweiten Glas Wein selbst auf dem Sofa ein.

Mitten in der Nacht schreckte Kathrin von Saitotis Versuchen in die Wohnung zu kommen hoch. Mit Tränen in den Augen stand sie auf und ging leise in den Flur. Lauschte, was als nächstes passieren würde. Es dauerte etwas bis Saitoti realisierte, dass sein Schlüssel nicht mehr passte, wahrscheinlich war er betrunken. Sein erster Tritt gegen die Wohnungstür hallte wie ein Donnerschlag durch den Flur, er begann im Treppenhaus zu randalieren, schrie und trat immer wieder mit voller Wucht gegen die Tür. Ihre Tochter schaute mit verzerrtem Gesicht aus dem Kinderzimmer, doch Kathrin flüsterte, sie und ihre Brüder sollten in den Betten bleiben. Saitoti rief, schrie nach Kathrin, doch sie antwortete nicht. Blieb wie versteinert im Dunklen hinter der Tür stehen, bis die Polizei eintraf. Erst dann traute sie sich zu öffnen und erklärte den Beamten mit bebender Stimme die Situation. Saitoti brüllte sie an. Die Polizisten nahmen ihn mit, weil er sich nicht beruhigen ließ. Bis sie mit ihm im Erdgeschoss das Treppenhaus verließen, schrie er Drohungen zu ihr hinauf. Kathrin zitterte am ganzen Körper, riss sich aber zusammen, schloss mechanisch die Wohnungstür hinter sich und ging ins Kinderzimmer. Am nächsten Morgen war Schule, auch wenn sie jetzt noch nicht wusste, wie es in den kommenden Tagen weiter gehen sollte.

KAPITEL 4: SAITOTI

ALLEINE IN DEUTSCHLANG

Saitoti starrte die Fliesen oberhalb der Pritsche an, auf der er die Nacht zugebracht hatte. Ein paar Blutspritzer von ihm waren selbst dort oben noch erkennbar. Außer sich vor Wut hatte er mehrmals mit der Faust gegen die Wand geschlagen. Die Beamten hatten ihn einfach mit grober Gewalt fixiert und in die Ausnüchterungszelle verfrachtet, ohne ihm zuzuhören oder nur ein einziges seiner Worte zu glauben.

Ihm war kalt. Aber für einen schwarzen Mann gab es keine Wolldecke. Rassisten, allesamt, aber was sollte man von deutschen Polizisten auch anderes erwarten. Natürlich hatten sie der armen, weißen Frau mit Tränen in den blauen Kulleraugen geglaubt. War er nicht derjenige, der unrechtmäßig aus seiner Wohnung geschmissen worden war? Er stand im Mietvertrag und überwies die monatlichen Zahlungen, dass konnte er beweisen.

Seine Gedanken kreisten immer weiter um Kathrin und was er mit ihr machen würde, wenn er sie in die Finger bekäme. Die ganze Nacht hatte er kein Auge zugetan.

Irgendwann in den frühen Morgenstunden vor Schichtwechsel schmissen die Polizeibeamten ihn unfreundlich raus. Er setzte sich vor dem Revier auf den Gehsteig und beobachtete, wie die ersten Pendler zur nahegelegenen S-Bahnstation hasteten.

„Hey du, hast du vielleicht eine Zigarette für einen ungerecht behandelten Bruder", sprach er einen jungen Mann an. Der kramte mit ängstlichem Blick in den Manteltaschen und hielt ihm eine Packung hin.

„Danke Mann, hast mir sehr geholfen", der Andere nickte nur und beeilte sich zur S-Bahn zu kommen.

Saitoti musste nirgendwo mehr hin. Während er den Rauch inhalierte, begann er sich wie ein Mantra vorzubeten, dass er niemanden brauchte, schon gar nicht Kathrin. Er würde auch ohne sie in Deutschland klar kommen. Seinen Aufenthaltstitel hatte er und die BRD war schließlich ein Sozialstaat, er würde Anträge auf Geld stellen können. Dann zwang er sich durchzuatmen. Es würde erst mal nur um eine Übergangslösung, einen Schlafplatz gehen, bis er wieder auf die Beine kam. Er hatte schon ganz andere Sachen überstanden.

Saitoti raffte sich auf und lief langsam in einen nahe gelegenen Park. Dort döste er auf einer Bank, bis es eine annehmbare Zeit war, Freunde und Bekannte abzutelefonieren, um sich eine Bleibe zu organisieren. Zu Anna wollte er nicht, er hatte die Schnauze voll, von Frauen.

Um die Mittagszeit war es Saitoti bereits gelungen bei einem früheren Arbeitskollegen Mike unterzukommen. Der würde ihm ein freies Zimmer in seiner Wohngemeinschaft überlassen, bis sein Mitbewohner von einer Auslandsreise zurückkehrte. Mike holte ihn sogar mit dem Auto ab und half ihm seine Sachen bei Kathrin mitzunehmen.

Es war merkwürdig, sich in einer fremden Wohnung zwischen den Möbeln und Gegenständen eines unbekannten Menschen niederzulassen. Lediglich seine Kleidung räumte Saitoti in das WG – Zimmer, den Rest stellte er im Keller eines befreundeten Kenyaners unter. Dann ging er einen Vorrat an Alkohol kaufen und trank Unmengen von Whiskey mit Cola, wenn eines der Gesichter seiner Kinder in seinem Bewusstsein auftauchte. Das Zimmer verließ er nur, um die Toilette zu benutzen. Mike musste ihn im Flur gehört haben und rief aus der Küche hinüber:

„Willst du was essen? Ich hab gerade Hühnchen mit Reis gekocht."

Doch Saitoti antwortete nicht einmal und verschwand wieder in seinem Zimmer, obwohl er schon Magenkrämpfe hatte. Er wollte leiden, am liebsten wäre er auf Knien zu Kathrin zurückgekrochen, doch das erlaubte ihm sein Stolz nicht.

Mike klopfte an der Tür und steckte den Kopf herein:

„Mann, du musst hier dringend mal lüften und dusch dich! Der Gestank ist ja unerträglich."

Saitoti antwortete nicht, sah Mike nicht einmal ins Gesicht.

„Wir kriegen heute Abend Besuch, Alter. Ich hab ein paar Leute eingeladen. Auch Ladys, also schwing deinen stinkenden Arsch aus dem Bett. Vielleicht machen wir mal wieder eine klar, das bringt dich auf andere Gedanken."

Saitoti schnalzte nur verächtlich mit der Zunge und bedeutete Mike mit einer Handbewegung er solle abhauen. Doch der ließ nicht locker, bis Saitoti aufstand und unter der Dusche war. Am liebsten hätte er Mike eine reingehauen.

Als es an der Wohnungstür klingelte und die ersten Gäste eintrafen, saß Saitoti missmutig am Küchentisch und trank weiter seine Gläser mit Whiskey Cola. Unbeteiligt beobachtete er wie die anderen plauderten und affektiert lachten. Doch eine der Frauen gefiel ihm, guter Hintern und plötzlich bemerkte er, dass er wieder im Spiel war. Er bekam Lust zu flirten, schüttelte seine verworrenen Gedanken an Kathrin und die Kinder ab, um seine Aufmerksamkeit ganz auf die junge Frau zu fokussieren. Wenig später saß sie bereits auf seinem Schoß am Küchentisch und nippte an seinem Glas Whiskey-Cola. Saitoti liebte Schlampen, die kamen schnell zur Sache. Er streichelte ihre Oberschenkel, um zu testen, wie sie reagierte. Sie ließ ihn, schien schon beschwipst zu sein, kicherte verlegen. Mike klopfte ihm auf die Schulter, als er vorbeikam, um Eis aus dem Kühlschrank zu holen. Gegen Mitternacht lag er halb ausgezogen mit der Frau auf der Couch im Wohnzimmer. Die anderen Gäste waren bereits gegangen und er hörte Mike von weitem in der Küche aufräumen. Es tat gut, den warmen Körper eines anderen Menschen zu spüren.

Sie gab sich Mühe ihm zu gefallen. Er würde mit ihr anstellen können, was er wollte. Saitoti zog seine Hose aus und sie setzte sich auf ihn. Langsam begann sie sich zu bewegen und er schloss die Augen. Dann war da plötzlich Mike, der scheinbar auch die Gelegenheit nutzen wollte. Saitoti war einfach zu besoffen, und die Frau machte mit.

Am nächsten Morgen erinnerte Saitoti sich nicht mehr an viel, aber marternde Kopfschmerzen ließen ihn erneut in ein Loch von Selbstmitleid und Pessimismus fallen. Er hatte nichts erreicht in seinem Leben und würde es auch nie, wenn er so weiter machte. Das Saufen und der wahllose Sex machten ihn kaputt. Die nächsten Tage schlief er viel und reduzierte seinen Alkoholkonsum etwas, aber sein Bett verließ er immer noch nur zum Toilettengang.

Irgendwann wurde Mike ungehalten. Er stellte ihm ein Ultimatum, wenn er bis zum Ende des Monats nicht einen Job und eine eigene Bude gefunden hätte, würde er ihre Freundschaft beenden.

Nach langen Überlegungen ging Saitoti doch zu Anna, weil er nicht mehr wusste, wohin er sich sonst hätte wenden sollen. Sie half ihm Bewerbungen zu schreiben, obwohl er nicht wirklich mit ihr über seine Situation sprach. Er ließ sie nur das Nötigste wissen. Von Beziehungen hatte er die Schnauze voll.

TEIL 3: ANNA UND SAITOTI

KAPITEL 1: ANNA

ESKAPADEN MIT SAITOTI

Anna war lange Zeit nicht klar, wo Saitoti eigentlich wohnte. Sie trafen sich immer nur bei ihr, und er redete nicht viel über seine Lebensumstände. Als sie eines Freitagnachmittags mit dem Zug von der Arbeit kam, stand er nervös am Bahnhof und wartete auf sie:

„Baby, ich brauche 200 €. In einer Stunde treffe ich mich mit einem Hausverwalter, das ist für mich die Chance. Ich kann eine eigene Wohnung kriegen."

Anna sah ihn ungläubig an und küsste ihn erst mal zur Begrüßung. Sie wusste, dass er das nicht mochte:

„So viel habe ich diesen Monat nicht mehr übrig", antwortete sie.

„Bitte Schatzi, ich gebe es dir auch zurück, sobald ich nächsten Monat mein Gehalt bekomme."

Das sagte er immer. Anna wusste, dass er nie Geld zurückzahlte. Er schuldete ihr bereits enorme Beträge.

„Hundert kann ich dir geben."

Seine Gesichtszüge hellten sich auf. Sanft legte er beide Hände auf ihre Wangen, schaute ihr tief in die Augen und küsste sie:

„Davon gibt es später mehr", flüsterte er.

Am Geldautomaten nahm er ihr hektisch die Geldscheine aus der Hand:

„Ich rufe dich später an. Es muss einfach klappen ", rief er im Gehen und verschwand in Richtung U-Bahn.

Sie wäre gerne mitgegangen, um herauszufinden ob er log. Vielleicht war er auch einfach kurz vor Monatsende pleite und brauchte das Geld zum Einkaufen. Bei Saitoti wusste sie das nie.

Anna wartete den ganzen Abend, doch er rief nicht an. Irgendwann kurz vor Mitternacht ging sie frustriert ins Bett und brauchte lange, bis sie einschlief. Zu viele Gedanken kreisten in ihrem Kopf, und es ging immer nur um ihn, Saitoti.

In den frühen Morgenstunden riss ein unangenehmes Geräusch sie aus dem Schlaf. Verwirrt schlug sie die Augen auf, draußen war es noch dunkel. Sie brauchte einen Moment, um zu realisieren, dass ihr Handy klingelte:

„Hallo Schätzelein", er war betrunken, das hörte Anna sofort.

„Ich bin gerade auf dem Weg zur Arbeit, obwohl heute Samstag ist, hat mein Chef gesagt, ich muss vormittags kommen. Eigentlich wollte ich nur deine Stimme hören und kontrollieren, ob nicht vielleicht jemand anderes da bei dir ist. Aber nein, ich vertraue dir, absolut. Ich arbeite vier Stunden, danach komme ich sofort da bei dir. Vielleicht gibt es auch nicht viel zu tun, dann komme ich direkt."

„Okay", antwortete Anna.

„Ich hab dich so lieb, von meinem ganzen Härrzzz. Du mich auch ? Wirklich ? Dann gib mir einen Kuss. Wenn ich komme, weißt du ja was ist ", er lachte anzüglich.

Nach dem Telefonat wieder einzuschlafen war schwer, unruhig döste sie bis zur Mittagszeit, und als sie auf ihren Wecker schaute, war ihr längst klar, dass er nicht mehr kommen würde. Sie verbrachte den Tag mit den üblichen Erledigungen im Haushalt und versuchte sich vom Warten abzulenken.

Saitoti meldete sich erst am Abend bei ihr. Sie hatte Karten für eine Party in einem Club in der Innenstadt gekauft. Natürlich ließ er sich die Gelegenheit nicht entgehen. Pünktlich zum Abendessen stand er frisch geduscht und schick angezogen, vor ihrer Tür. Stolz präsentierte er die Schlüssel seiner neuen Wohnung und verkündete, sie hätten nun einen guten Grund zu feiern. Anna schob ihren Unmut über sein Verhalten wie immer beiseite und wollte den Abend nur noch genießen. Jetzt war er ja da. Schnell zog sie sich um, während er aß. Die Nacht gehörte ihnen.

In der Schlange vor dem Club trafen sie einige Freunde Saitotis und auch Anna kannte ein paar Mädels von der Uni. Sie hatten Spaß und lachten viel mit den Leuten. Anna spürte die ganze Zeit Saitotis hungrige Blicke über ihren Körper gleiten. Sie hatte den engen Rock und ihr Top mit Bedacht ausgewählt. Er flüsterte Anzüglichkeiten in ihr Ohr, und sie fühlte sich gut, wurde begehrt.

Drinnen bestellte Saitoti direkt hochprozentige Drinks, und sie drängten mit den Anderen auf die volle Tanzfläche. Der DJ war gut und die Menge tobte. Saitoti zog sie ganz dicht an sich. Sie konnte seinen Schweiß riechen und die Wärme seines Körpers durch ihre Kleidung spüren. Seine Hände wanderten über ihren Rücken hinunter zum Saum ihres Rockes.

„Dreh dich um Baby", wisperte er und sie begann im Rhythmus der Musik ihren Hintern an seinem Schritt zu reiben. Sie konnte spüren, dass er einen Ständer bekam. Die Öffentlichkeit störte sie beide nicht, im Gegenteil, es machte den Reiz aus.

In den frühen Morgenstunden verließen sie angetrunken den Club. Anna hielt sich beim Gehen an Saitotis Arm fest und sie nahmen die U-Bahn zu ihrer Wohnung. Während der Fahrt machte Saitoti ihr viele Komplimente und schmeichelte ihr, doch die Worte schienen an ihr vorbei zu schweben, zu sehr war sie damit beschäftigt, gegen die aufsteigende Übelkeit anzukämpfen. Als sie endlich ausstiegen, tat die frische Luft ihr gut. Die wenigen Nachtschwärmer, die mit ihnen die Bahn verlassen hatten, verteilten sich schnell in alle Himmelsrichtungen, und sie blieben alleine auf der Uferstraße am Rhein zurück. Von weitem war das Kreischen der Möwen über dem Hafenbecken zu hören.

„Bist du horney, Baby?"

Unvermittelt blieben sie auf dem Bürgersteig stehen, und er ließ seine Finger in ihre Jeans gleiten. Sie lehnte sich leicht an ihn, vergrub ihr Gesicht an seiner Schulter und stöhnte kaum merklich. Angetörnt drängte Saitoti Anna in einen Hauseingang. Zwielicht umgab sie in der Nische des Gebäudes. Hastig griffen sie nacheinander, schoben Kleidung hoch, beiseite, nur noch zwei Körper, die sich gegenseitig verschlangen.

Sie mussten sich beeilen, es waren Stimmen zu hören, anscheinend näherten sich Leute auf dem Gehsteig.

Anna fühlte sich benommen, als sie zurück auf die Straße traten. Alles um sie herum schien so unwirklich, in gelbliches Licht getaucht. Saitoti legte seinen Arm um sie und gab ihr einen unbeholfenen Kuss auf die Stirn. Wärme durchflutete Annas Körper.

In ihrer Wohnung machten sie weiter, denn Saitoti fühlte sich getrieben, konnte betrunken nie genug Sex kriegen:

„Ich werde dich heute den ganzen Tag ficken."

Anna blinzelte und versuchte ihre Augen aufzuhalten. Saitoti war über ihr, fixierte ihren Körper mit seinem Gewicht, bevor er erneut in sie eindrang. Plötzlich überkam sie ein so starker Schwall von Übelkeit, dass sie sich ruckartig zur Seite drehte und mit letzter Kraft auf den Teppich neben dem Bett kotzte. Angewidert zog Saitoti sich zurück, während Anna benommen von der Bettkante sackte. Das Haar im Erbrochenen blieb sie reglos liegen. Erst durch ein lautes Geräusch kam sie wenig später wieder zu Bewusstsein. Es war ihre Wohnungstür, die ins Schloss fiel.

Nach diesem Wochenende konnte sie Saitoti nicht mehr erreichen und dachte fieberhaft darüber nach, was sie falsch gemacht hatte. Immer wieder wählte sie seine Nummer, ohne Erfolg und steigerte sich in eine überzogene Sehnsucht nach ihm hinein.

An einem Freitagabend, war dann doch plötzlich seine Stimme in der Leitung. Er plauderte mit ihr wie immer, als sei nichts gewesen und Anna hatte für einen Moment das Gefühl aus der Zeit gefallen zu sein. Frustriert redete sie auf ihn ein, doch ihre Vorwürfe schienen einfach an ihm abzuperlen. Unbeirrt lud er sie in seine neue Wohnung ein und Anna konnte nicht widerstehen.

Am darauffolgenden Morgen machte sie sich mit frischen Brötchen, Eiern und Würstchen in einem Beutel, auf den Weg zu ihm. Sie war aufgeregt Saitoti endlich wieder zu sehen und sie hatte erst etwas Mühe die Adresse zu finden. Das Viertel war ziemlich heruntergekommen. Im Hauseingang roch es nach Urin und sie war sich nicht sicher, ob die Klingel überhaupt funktionierte. Doch nach wenigen Minuten summte der Türöffner. Saitoti begrüßte sie charmant und nahm ihr den Beutel ab:

„Guten Morgen, Baby. Wie geht es dir? Lange nicht gesehen."

Als erstes führte er sie stolz in dem winzigen Apartment herum. Die meisten Möbel hatte er von einem Sozialkaufhaus oder von irgendwelchen Bekannten geschenkt bekommen. Sie war enttäuscht, dass Saitoti ihr erst jetzt die fertige Wohnung zeigte. Gerne hätte sie ihm beim Einrichten geholfen.

In der Küche stand noch dreckiges Geschirr vom Vorabend, darunter auch zwei Sektgläser in der Spüle, eines davon mit Lippenstift am Rand. Der Anblick versetzte Anna einen Stich, doch sie wollte nicht wieder mit Vorwürfen anfangen und den Tag mit Saitoti verderben, also ging sie wortlos über ihre Beobachtung hinweg. Zufrieden frühstückte Saitoti mit ihr, war witzig und liebenswürdig. Doch sie konnte sich innerlich nicht beruhigen. Im Laufe des Vormittages ertappte sie sich immer wieder dabei, wie sie misstrauisch in alle Ecken der Wohnung schaute, ob es vielleicht weitere Hinweise auf Damenbesuch gab. Ihre Anspannung wuchs ins unerträgliche, bis sie es schließlich nicht mehr aushalten konnte und sich früher als geplant nach Hause verabschiedete. Saitoti hielt sie nicht davon ab zu gehen, ihm schien es egal. Auf dem Heimweg kamen ihr die Tränen. Egal was sie tat, Saitoti blieb ihr gegenüber unverbindlich, wand sich und sie bekam ihn nicht zu fassen. Eine Beziehung zu ihm existierte nur in ihrer Fantasie und Nähe würde er auch zukünftig nicht zulassen. Sie dachte an sein überwältigendes, warmes Lächeln, als sie ihn zum ersten Mal bei einer Party kennengelernt hatte. Etwas in ihrem Inneren hatte er damals berührt, wodurch sie ihm nun beharrlich weiter folgte, ohne Sinn und Verstand.

Auch in den darauf folgenden Wochen, suchte Anna immer wieder den Kontakt zu Saitoti. Traf sich mit ihm, bei jeder Gelegenheit die sich ihr bot, obwohl ihr klar war, dass sie nur eine von vielen Frauen für Saitoti war.

KAPITEL 2: SAITOTI

ZUFLUCHT BEI ANNA

Das Adrenalin pumpte durch Saitotis Körper. Mit wildem Blick schlug er ein letztes Mal in die Magengrube seines Gegners und der ging zu Boden, blieb reglos liegen. Für einen kurzen Moment hielt Saitoti inne, atmete durch, bevor er die Flucht antrat. Er rannte los in Richtung Brücke, mit dem Ziel auf der anderen Seite des Flusses bei Anna in der Wohnung zu sein, bevor die Polizei ihn suchte. Die Türsteher kannten ihn und würden bestimmt Angaben zu seiner Person machen, diese elenden Hurensöhne. Sein Handgelenk schmerzte und Blut lief ihm die linke Schläfe hinunter, unangenehm bis in den Kragen.

Es war eiskalt auf der Brücke, der Wind von Norden ließ ihn sein Tempo verlangsamen und als er endlich vor Annas Tür ankam, dachte er für einen winzigen Augenblick, es sei vielleicht nicht gut, nach einer Schlägerei, mitten in der Nacht bei ihr aufzutauchen. Doch er hatte keine Wahl und klingelte. Seitdem Anna schwanger war, machte sie ständig Probleme.

Er konnte es im Grunde immer noch nicht fassen, dass er wieder Vater wurde, wo er doch gerade erst aus der ganzen Familiennummer raus war und sein Leben genoss. Die Frauen veränderten sich, wenn sie Kinder bekamen, das wusste er. Die ungeteilte Aufmerksamkeit von Anna würde er verlieren.

Es dauerte eine Weile, bis Anna endlich im Bademantel hinunter kam und die Tür öffnete. Sie sah ihn entsetzt an. Er mochte die Kurven, die ihr Körper inzwischen bekommen hatte.

„Was ist passiert?"

Er küsste sie unvermittelt und fest auf den Mund, dabei hinterließ sein Blut eine leichte Spur an ihrem Kinn. Sie wich zurück.

In ihrer Wohnung überschlugen sich seine Worte, er stand noch immer unter Strom und erzählte ihr in allen Details, was für ein geschickter Kämpfer er war und das er praktisch mit jedem Gegner fertig werden konnte. Anna hörte ihm schweigend zu und holte schließlich Verbandszeug aus dem Badezimmer. Sanft kümmerte sie sich um seine Platzwunde und er beruhigte sich etwas.

„Du solltest dich hinlegen und schlafen", beschwichtigte sie ihn.

Beim Ausziehen schmerzte jede Stelle seines Körpers und Anna begann ihn liebevoll zu streicheln und zu küssen. So viel Nähe konnte er nicht aushalten und reagierte mit grobem Sex auf ihre Zuneigung.

In den darauffolgenden Tagen blieb er bei Anna in der Wohnung, weil er Angst hatte die Polizei würde zu Hause bei ihm auftauchen.

Letztendlich fingen zwei Beamte ihn jedoch bei der Arbeit ab und nahmen ihn mit aufs Präsidium. Die Vernehmung dauerte nicht lang. Sie sagten ihm, er würde von der

Staatsanwaltschaft Post bekommen und ließen ihn wieder gehen. Aber seinen Job war er los.

KAPITEL 3: ANNA

DAS LEBEN OHNE SAITOTI

Jeden Morgen fuhr Anna mit der Straßenbahn über den Fluss zur Arbeit. Sie liebte den Moment in dem die Wagons hinaus aus der einen Stadthälfte ins unbebaute, weitläufige Ufergebiet des Gewässers glitten. Eine Gruppe Bäume auf der anderen Seite kam in Sicht und schräg dahinter erstreckte sich ihr altes Viertel, ihre frühere Wohnung, in der sie die meiste Zeit mit Saitoti verbracht hatte.

Heute rückblickend kam ihr dieser Lebensabschnitt unwirklich vor, als wäre sie damals ein anderer Mensch gewesen. Saitoti und Sie hatten schon lange keinen Kontakt mehr zueinander. Kurz nach der Geburt ihres gemeinsamen Kindes war Saitoti endgültig abgetaucht, hatte sie und das Baby nur ein, zwei Mal besucht und Anna hatte einsehen müssen, dass es zwecklos war ihm weiter nachzujagen. Seitdem zog sie ihre Tochter Mia alleine groß. War zu einer alleinerziehenden Mutter geworden, die alles regelte und im Griff hatte. Zumindest nach außen hin und auch gegenüber

Mia zeigte sie nie, dass sie noch immer viel an Saitoti dachte und sich fragte, wo er wohl war.

Manchmal ging sie nach der Arbeit, bevor sie Mia von der Kita abholte, an seiner alten Wohnung vorbei. Doch dort lebten längst andere Leute, das Klingelschild war ausgetauscht und es gab keine Spuren mehr, dass Saitoti je dort gewesen war, nur in ihren Erinnerungen.

Eines Nachmittags, kurz nach Ostern, räumte Anna gerade draußen, in der Einfahrt zum Mietshaus, Einkäufe aus der Ablage des Kinderwagens und wollte zurück in ihre Wohnung, als sich ihr plötzlich eine junge Frau zielstrebig näherte und sie ansprach:

„Kennen sie James", Anna blickte irritiert auf. Augenscheinlich war die Frau hoch schwanger.

„Sind sie nicht Anna?"

Von drinnen hörte sie Mia quietschen, die ausgelassen in der Wohnung spielte und einem Stoffball nachjagte. Ein ungutes Gefühl stieg in Anna auf und sie blieb im Türrahmen stehen, so dass sie Mia im Blick hatte, der Frau aber den Weg ins Innere versperrte:

„Was wollen sie", fragte Anna barsch.

„Herausfinden wer der Vater meines Kindes wirklich ist."

Sie hielt Anna ihr Handy mit einem Foto hin. Anna sah Saitotis Gesicht auf dem Display, etwas älter zwar, aber er war es. Kein Zweifel. Die Frau schien ihre Reaktion genau zu beobachten.

„Er heißt nicht James, sein Name ist Saitoti." Ihre Wut kaum noch kontrollieren könnend, nahm Anna ihre Einkaufstüten hoch und wandte sich zum Gehen. Die Frau versuchte sie am Arm zurückzuhalten.

„Sie lassen sich schwängern von einem Mann, dessen richtigen Namen sie nicht einmal kennen und jetzt stehen sie hier bei mir und wollen Antworten?" schnaubte Anna verächtlich, „denken sie nicht, dass ich dafür die falsche Person bin?"

Verlegen schaute die junge Frau zu Boden und zog ihre Hand zurück:

„Ich weiß nicht wo er ist", flüsterte sie.

Ohne sich noch einmal umzudrehen, ließ Anna die Frau stehen und schob hektisch die Tür hinter sich ins Schloss. Sie wollte sich nicht in die Angelegenheit hineinziehen lassen. Es gab keinen Grund dieser Person zu glauben, was bewies schon ein Foto auf einem Handy. Sie konnte sich von Saitotis Frauengeschichten nicht mehr aus der Fassung bringen lassen. Die Zeiten waren vorbei und die Dreistigkeit der Frau, einfach bei ihr an der Wohnung aufzutauchen und ihre „heile Welt" mit Mia zu stören, widerte sie an.

SAITOTIS RÜCKKEHR

Die Begegnung mit der schwangeren Frau und das daraus entstandene ungute Gefühl, verdrängte Anna und flüchtete sich in ihren anstrengenden Alltag. Sie versorgte Mia, ging zur Arbeit und saß an den Abenden erschöpft allein vorm Fernseher. Die Enttäuschung über ihre Lebensumstände holte sie oft ein. Es war schwer ein Kind alleine zu ernähren und den Traum von einer Familie mit Saitoti aufzugeben. Sie begann sich ständig selbst zu sagen, sie müsse durchhalten, es würden auch wieder andere Zeiten kommen.

An einem Sonntagabend räumte Anna wie immer das letzte Geschirr vom Tag in die Spülmaschine und wischte noch einmal über den Herd. Mia schlief bereits seit einer halben Stunde und sie genoss die Stille. Bevor sie ins Wohnzimmer ging, um den Fernseher einzuschalten, nahm sie sich noch einen Saft aus dem Kühlschrank, drehte sich um und da war er, wie eine Erscheinung. Anna zwinkerte unwillkürlich und sah ein zweites Mal hin, doch die Gestalt war noch da.

Saitoti stand in einiger Entfernung draußen auf der Straße und rauchte. Anna konnte ihn, wenn sie sich auf der Spüle aufstützte und nach rechts streckte, genau durch das Küchenfenster sehen. Scheinbar beobachtete er sie und als sie das Licht ausschaltete, kam er in Bewegung, mit zügigen Schritten ging er immer weiter hinaus aus ihrem Sichtfeld.

Aufgeregt lief sie ins Wohnzimmer, öffnete den Vorhang einen Spalt breit, doch er war bereits weg, wahrscheinlich in die nächste Querstraße eingebogen. Ihre Gedanken überschlugen sich und es fiel ihr schwer sich noch auf den Tatort im Fernsehen zu konzentrieren, der gerade anfing. Was wollte er? Bisher hatte er noch nie die Initiative ergriffen oder vielleicht hatte sie sich das Ganze doch nur eingebildet. Ein Wechselbad der Gefühle hielt sie die halbe Nacht wach. Am nächsten Morgen brachte sie Mia gerädert zur Kita und wäre beinahe zu spät zur Arbeit gekommen.

Drei Tage später kam Anna am Abend von einer Dienstreise zurück. Ihre Mutter hatte Mia von der Kita abgeholt und sie würde auch dort über Nacht bleiben. Anna freute sich schon auf einen ruhigen Abend mit einem Glas Wein. Als sie die Treppen der U-Bahnstation hochkam, sah sie Saitoti bereits von weitem an der gegenüberliegenden Straßenecke stehen. Die Neonbeleuchtung des Kiosks hinter ihm schien unvorteilhaft auf die gealterten Züge seines Gesichtes. Er wirkte verändert, ausgezehrt, knochig, substanzlos. Für einen kurzen Moment überlegte Anna umzukehren, die Stufen einfach wieder runter zur U-Bahn zu gehen und zu ihrer Mutter zu fahren. Doch sie tat es nicht, spürte wie das Adrenalin ihren Herzschlag beschleunigte, als sie ihm entgegenlief, wie eine Motte zum Licht.

Saitoti umarmte sie zur Begrüßung:

„Schatzelein, wie geht es Dir? Du siehst gut aus."

Die Wärme seines Körpers, sein Geruch, so vertraut. Ein schwaches Lächeln huschte über ihr Gesicht. Saitoti tat so, als sei er nie weg gewesen.

„Was machst du hier?" wollte sie wissen.

Ihre Frage kommentierte er nicht, steckte sich eine Zigarette an und ließ seinen Blick über die Kreuzung schweifen.

„Saitoti, was willst du von mir?" Setzte Anna nach.

„Komm, ich lade dich zum Essen ein und dann reden wir", schlug er vor und nahm ihre Hand ohne ihre Einwilligung abzuwarten. Seine Finger waren rau. Forsch setzte er sich in Bewegung. Schweigend liefen sie eine Weile nebeneinander die Straße hinunter. Etwa auf der Höhe des Parks erkundigte er sich nach Mia:

„Wie geht es meiner Tochter? Sie ist 5 Jahre jetzt, oder?"

„Ja, Mia ist schon fünf", sie machte eine Pause, doch er lächelte nur.

„Mit ihr ist alles in Ordnung. Sie übernachtet heute bei ihrer Oma."

Dann sah Anna herausfordernd direkt in Saitotis Augen. Ihr Herz raste, als sie die Worte aussprach:

„… und was macht dein anderes Kind?" Saitotis Gesichtszüge verzogen sich.

„Was soll das? War die auch bei dir? Glaubst du jetzt einer irren Schlampe, die überall herumrennt und behauptet ich wäre der Vater ihres Babys. Die will nur Geld, jeder hat die schon gefickt."

Anna schwieg betreten und bereute es jetzt schon mitgegangen zu sein. Ihr taten beim Laufen die Füße in ihren unbequemen Arbeitsschuhen weh und es machte auf sie nicht den Eindruck, dass Saitoti sich irgendwie verändert hatte. Zwei Straßen weiter blieb er vor einem Mietshaus stehen, das wahrscheinlich um die Jahrhundertwende gebaut worden war und kramte in den Hosentaschen nach seinem Schlüssel. Er wohnte gar nicht weit entfernt von ihnen, es war unfassbar.

„Ich dachte wir wollten essen gehen", erkundigte sich Anna. Sie wurde immer nervöser.

„Machen wir, ich koche für dich", Saitoti grinste dreist.

Sie wandte sich zum Gehen, doch er hielt sie am Arm zurück.

„Komm schon, gib mir eine Chance."

Anna konnte seiner Bitte nicht widerstehen, zu lange hatte sie insgeheim auf diesen Moment gewartet.

Im Treppenhaus roch es feucht und Teile der Wände waren mit Stockflecken bedeckt. Die Stiege hinauf zu den oberen Etagen war steil und die Stufen schmal, so das ein Fuß durchschnittlicher Größe kaum Platz darauf fand. Nicht einmal die Toiletten waren saniert worden und befanden sich noch immer auf halber Treppe, separat zu den Wohnungen.

Er klopfte an eine Tür im ersten Stock, die bereits nach wenigen Sekunden einen Spalt breit geöffnet wurde, als hätte die Person hinter ihr gewartet. Eine afrikanische Frau, etwa in ihrem Alter, wurde erkennbar. Sie blinzelte ins grelle Licht der Flurbeleuchtung und tat überrascht:

„It's u, warrior. Good to see u."

Ihre Stimme war kraftvoll und obwohl sie leicht übergewichtig war, wirkte sie attraktiv:

„I'm Loretta", sie streckte ihr die Hand entgegen.

Höflich erwiderte Anna den Gruß und versuchte ihren neugierigen Blicken auszuweichen.

„That's u, who is tourturing this man. Seit er dich letzte Woche in der U-Bahn wiedergesehen hat, will er von mir nichts mehr wissen", murmelte Loretta, aber deutlich für Anna hörbar. Woraufhin sie sich abwandte.

Durch Lorettas Kommentar wurde ihr klar, dass Saitoti sie nur durch Zufall gesehen hatte und ihr einfach nachgegangen war. Saitoti wechselte noch ein paar kurze, belanglose Worte mit Loretta, bevor die Frau sich ins Zwielicht ihrer Wohnung zurückzog.

„Woher kennst du sie?" wollte Anna wissen.

„Loretta lebt schon lange in diesem Mietshaus, hier sind alle wie Familie. Die Wände sind dünn, " antwortete er.

„Hattest du was mit ihr?" bohrte Anna weiter.

Saitoti schnalzte verächtlich mit der Zunge:

„Ich steh nicht auf schwarze Frauen, das weißt du doch."

Eine Etage höher fiel Anna vor einer der Türen eine afrikanische Fußmatte ins Auge, bei genauerem Hinsehen war es vielmehr ein Hemd mit traditionellem Muster, das um eine handelsübliche Kokosmatte gewickelt worden war. Man konnte die untergeschlagenen Ärmel deutlich erkennen. Daneben stand eine kleine Schüssel mit Milch, in der pflanzenartige Teilchen schwammen. Saitoti drängte sich an ihr vorbei, trat seine Schuhe ausgiebig auf dem Hemd ab, bevor er sie auszog und bei Seite stellte. Anna zögerte:

„Eigentlich hatte ich gedacht wir würden in ein Restaurant gehen", wiederholte sie erneut. Doch Saitoti ignorierte sie.

Die Tür zu seiner Wohnung war nur angelehnt und im Inneren des Zimmers brannte die Deckenbeleuchtung. Sie hatte plötzlich das ungute Gefühl, dort drinnen von Jemandem erwartet zu werden. Warum verließ Saitoti das Haus ohne die Wohnungstür zu schließen und das Licht auszuschalten? Beunruhigt folgte sie Saitoti doch in das Apartment und für den Bruchteil einer Sekunde war der Ort vollkommen unwirklich. Obwohl sie Saitoti seit Jahren nicht gesehen hatte, glaubte Anna die Wohnung zu kennen, die exakte Anordnung der Möbel, eingetaucht in gelbes Licht. Sie war schon viele Male des Nachts dort gewesen, hatte vor dem leeren Bett gestanden und Saitoti gesucht, im Schlaf, in traumartigen Sequenzen. Nun war sie dort, in der realen Wohnung, wodurch ihr heiß und kalt zugleich wurde.

Mechanisch nahm sie am Küchentisch Platz und versuchte den Tumult in ihrem Inneren zu verbergen, sich auf das hier und jetzt zu konzentrieren. Sie würde ein Glas Wein trinken, um ruhiger zu werden.

Scheinbar hatte Saitoti alles für ihren Besuch vorbereitet, Gläser standen bereit, die er umgehend mit Alkohol füllte und einzelne Rosen, in leeren Pfandflaschen aufgereiht, zierten die Fensterbank.

„Die Blumen hatte ich eigentlich für Dich gekauft", sagte Saitoti,

„aber ich hatte keine Vase, deshalb die Flaschen."

Er blickte sie etwas zerknirscht an und sie musste grinsen. „Ich glaube die Reste vom Alkohol sind denen nicht gut bekommen."

Einige der Rosen ließen bereits ihre Köpfe hängen.

Er schnalzte verächtlich mit der Zunge, „so eine Geldverschwendung, äehhh."

Sie lachten.

Nach den ersten Schlucken Wein, begann Saitoti einen Monolog über seine letzten Jahre. Er habe sich grundlegend verändert und seine Übertreibungen fanden kein Ende. Rollen als Statist beim Tatort, Unmengen von Geld, dass er in zwei zusätzlichen Jobs verdiente und einen eigenen Sportwagen erwähnte er. Anna verfolgte seine Ausführungen ungläubig und konnte sich nicht daran erinnern, dass Saitoti überhaupt einen Führerschein hatte. Sie fühlte sich schwindelig von all dem Gerede.

„Ich bin jetzt bereit für eine Beziehung mit dir, Baby. Lass es uns versuchen, ich möchte meine Tochter kennenlernen. Sie …"

Anna war fassungslos und unterbrach ihn:

„Saitoti, hör auf. Ich hab keine Zeit für dein Theater, ich glaub dir kein Wort. Denkst du wirklich, du kannst nach all den Jahren einfach wieder auftauchen und alles ist gut?"

Einen Augenblick sah Saitoti sie verwirrt an und stand abrupt vom Tisch auf, als hätte er ihren letzten Satz gar nicht gehört. Er holte eine blutige Tüte Fleisch aus dem Kühlschrank und präsentierte ihr stolz den Rücken einer Ziege. Den knochigen Klumpen entnahm er der Plastikverpackung, wobei das herablaufende Blut große Teile des Spülbeckens verunreinigte, platzierte diesen auf einem dreckigen Backblech mit altem Fett und schob das Ganze in den Ofen. Bereits nach wenigen Minuten roch es unangenehm ranzig in der Küche und Qualm trat aus den Ritzen des Ofens. Anna erhob sich, um zu gehen. Saitoti schnalzte geringschätzig mit der Zunge:

„Lass uns wenigstens zusammen essen, ich zeig dir den Rest der Wohnung." Er nahm sie bei der Hand.

Selbst der schmale Durchgang mit Vorhang, der in sein Schlafzimmer führte, kam Anna bekannt vor. Dahinter der kleine Raum, ein Fenster mit Decken zugehangen und das riesige Bett.

Saitoti drehte die Heizung an, es roch muffig und Anna ekelte sich vor den fadenscheinigen Decken auf seinem Schlafplatz. Dennoch würde sie gleich mit ihm dort Sex haben, dass wussten sie beide. An der körperlichen Anziehung zwischen ihnen, hatte sich nichts verändert. Sie spürte ihn unmittelbar hinter sich, seine warme Nähe.

Langsam drehte er sie zu sich und löste das Tuch um ihren Hals. Anna blieb regungslos stehen. Er legte ihren Ausschnitt frei und berührte sie. Ihr Atem stockte und sie merkte wie ihre Muskeln sich unkontrolliert anspannten. Seine Hand hob sich in starkem Kontrast von ihrer beinahe transparenten Haut ab.

„Wann hast du das letzte Mal mit einem Mann geschlafen", raunte er.

„Lange her, mit dir."

Er hielt überrascht inne. Sie wusste, er glaubte ihr nicht.

Sein Blick fiel auf ihre Unterarme, die übersät waren von wunden, aufgekratzten Stellen.

„Was ist das? Bist du krank?"

„Nein, das kommt vom Stress", antwortete sie.

„Wie abgekaute Fingernägel?"

Anna nickte.

Er nahm aus einem kleinen Schränkchen neben dem Bett eine Plastikflasche Bodylotion eines afrikanischen Herstellers und cremte ihr sanft die Arme ein. Skeptisch versuchte sie zu entziffern, was auf der Lotion stand und dachte auf einmal darüber nach, ob er sich die Hände gewaschen hatte, nachdem er das rohe Ziegenfleisch angefasst hatte.

„Entspann dich", flüsterte er, „du bist jetzt bei mir."

Diese plötzliche Intimität nach Jahren, überforderte Anna und zugleich hatte sie sich danach gesehnt.

Seine Hände begannen über ihren ganzen Körper zu wandern. Sie küssten sich und seine Lippen waren weicher, als sie sie in Erinnerung gehabt hatte. Er nahm sich Zeit und sie gab ihre letzten inneren Widerstände auf.

Spürte sein Gewicht auf sich, schmeckte seine Haut, durchdrang sein filziges Haar mit den Fingern.

Wie im Rausch vergingen mehrere Stunden, bis sie genug voneinander hatten. Ein Geräusch im Treppenhaus ließ Anna aus leichtem Dösen hochschrecken und plötzlich war sie sich nichtmehr sicher, ob Saitoti noch da war. Benommen drehte sie sich auf die Seite und tastete ängstlich nach seinem Arm, um festzustellen, dass er fest neben ihr schlief, mit leicht geöffneten Lippen. Alles war in Ordnung.

Ihr Blick schweifte über seinen dunklen, abgemagerten Körper. Seine Haut war stumpf, ungepflegt und eine Vielzahl von Narben war deutlich sichtbar. An seinem linken Unterschenkel konnte man eine Eintritts- und weiter Oben auf der anderen Seite eine Austrittsvernarbung erkennen, die von einem Stockkampf in seiner Heimat herrührte.

Er hatte ihr früher einmal die Geschichte erzählt, wie er als Kind mit einem älteren Jungen in Streit geraten war und die Dorfältesten bestimmt hatten, dass die beiden in einem öffentlichen Kampf mit Stöcken gegeneinander antreten mussten, um die Angelegenheit zu entscheiden. Bei Erwachsenen wäre nur einer der beiden Kontrahenten am Leben geblieben, da sie jedoch noch Kinder gewesen waren, wurde beschlossen, dass die Schmach verloren zu haben, ausreichte. Letztendlich kämpften sie mehrere Stunden, doch Saitoti hatte gegen den älteren Jungen nicht wirklich eine Chance gehabt. Als der Stock des Gegners sich von unten nach oben durch sein Bein bohrte, war die Sache entschieden gewesen und er wurde von seiner Mutter für einige Zeit zu seiner Oma geschickt, in eine Siedlung zwei Tagesmärsche entfernt. Bis sein Vater sich wieder beruhigt hatte.

Vorsichtig rutschte sie zur Unterkante des Bettes. Sie wollte Saitoti nicht wecken. Notdürftig zog sie sich etwas über. Das Verlangen der vergangenen Stunden war Schmerzen gewichen. Sie beeilte sich eine Etage tiefer ins Badezimmer zu kommen. Das lauwarme Wasser der Dusche tat gut.

Als Anna in die Wohnung zurückkehrte, war Saitoti wach und saß aufrecht im Bett mit seinem Handy. Die Geräuschkulisse war enorm, Stimmen, unterschiedliche

Sprachen schwirrten durch den Raum. Er schien in schneller Abfolge die unterschiedlichsten Kurznachrichten, Berichte und Kommentare aus seiner Heimat auf seinem Telefon abzurufen. Wartete kaum das Ende eines Beitrages ab, bevor er schon wieder zu einem völlig anderen Thema wechselte. Seine innerliche Unruhe war förmlich spürbar.

Saitoti bemerkte Anna und hob ein Tablett neben sich aus den zerwühlten Lacken, das zusätzlich lief. Auf dem Bildschirm schien gerade ein afrikanisches Staatsoberhaupt zum Höhepunkt seiner Rede an die Nation Simbabwe anzusetzen, es war Robert Mugabe.

„Der einzig wahre Leader Afrikas", Saitotis Augen funkelten, während er die Worte langsam formte,

„Onkel Bob."

Dann zitierte er unzählige Phrasen und Schlagwörter der Rede auswendig. Anna war überrascht. Früher war Saitoti nie politisch interessiert gewesen.

„That made my day", setzte er nach.

„Ich sehe mir das jeden Tag an, positiv Energie."

Er bemerkte das Unverständnis in ihrem Gesichtsausdruck und erklärte:

„For the struggel against the white defel, I'm a very concious person, now. Wir werden Europa stoppen, Afrika weiter auszubeuten."

„Robert Mugabe ist ein Diktator, der sein Land herunter gewirtschaftet hat. Die Menschen hungern und sterben an Kollera, " murmelte Anna.

Sie konnte ein wütendes Funkeln in seinen Augen sehen:

„westliche Propaganda. Du solltest nicht alles glauben, was hier über Afrika berichtet wird. Es ist eine Maschinerie der Unterdrückung. Racism comes in many faces."

Anna schüttelte abwehrend den Kopf:

„Mag ja sein, aber das macht Mugabe trotzdem nicht zu einem besseren Menschen oder streitest du etwa ab, dass er ein Diktator ist?"

Unvermittelt packte er Anna am Handgelenk und zog sie zu sich. Ihre Gesichter waren nur noch Millimeter voneinander entfernt, er blickte ihr fest in die Augen und schlug ihr mit aller Kraft aufs Gesäß. Sie zuckte unvermittelt.

„Sag, dass Mugabe der größte Leader ist", raunte er.

Ein verächtliches Lachen entfuhr ihr,

„dazu bringst du mich nicht."

In kurzen Abständen folgten ein zweiter und dritter Schlag.

„Los ich will hören, dass du Onkel Bob bewunderst."

Erregung kribbelte in ihrem Unterleib, als der Schmerz sich langsam ausbreitete. Doch sie gab dieser abstoßenden Empfindung nicht nach. Stattdessen machte sie sich harsch von ihm los. Er schnalzte geringschätzig mit der Zunge und beließ es dabei. Beim Essen sprachen sie nicht mehr viel miteinander und wenig später verließ Anna seine Wohnung.

Die frische Nachtluft tat ihr gut und sie hoffte, dass das Rumoren in ihrem Magen von dem fettigen Ziegenfleisch, vorüber ging. Es war weit nach Mitternacht, als sie die Tür zu ihrer Wohnung aufschloss und die stille Dunkelheit, ohne Mias Gegenwart, kam ihr plötzlich fremd vor. Ihr komplettes Leben war innerhalb weniger Stunden aus den Fugen geraten, Angst und eine Art Schwindelgefühl überkamen sie, gefolgt von einem starken Brechreiz. Sie stürzte ins Badezimmer und würgte große Teile des Ziegenfleisches in die Kloschüssel. Danach ging es ihr etwas besser, doch im Bett stellte sich ein schüttelfrostartiges Zittern ein. In den frühen Morgenstunden wälzte sie sich noch immer hin und her, versunken zwischen tatsächlichem Bewusstsein und Traumsequenzen…

sie versuchte flach zu atmen … den Tumult in ihrem Inneren zu beherrschen und die Panik über die Enge in ihrem Versteck auszuhalten. Nicht das geringste Geräusch durfte nach außen dringen, denn sie wusste plötzlich, dass sie in Todesangst in einen alten Pappkarton gekrochen war und in dem Dorf um sie herum Krieg herrschte. Es hatte lange gedauert, bis das Ächzen, Klirren und Schreien der anderen Menschen verebbt war. Der Schock hatte ihren Körper taub gemacht und sie war nicht mehr sicher, ob noch etwas von ihr übrig war, dort in der Kiste.

Unerwartet trat jemand mit voller Wucht gegen eine der Pappwände ihres Verstecks und sie musste sich selbst den Mund zu halten, um nicht laut zu schreien. Die Milizen hatten sie in den frühen Morgenstunden nicht kommen hören, obwohl schon länger die Gerüchte umgingen, dass Europäer in diesem Land nicht mehr geduldet wurden, hatten sie keine Vorsichtsmaßnahmen getroffen.

Anna war sich sicher, dass in wenigen Sekunden jemand den Deckel zu ihrem Versteck anheben würde. Ihre Augen fest geschlossen, biss sie sich in die Hand. Der Schmerz, gefolgt vom Geschmack des Blutes in ihrem Mund, linderte den Druck in ihrer Brust. Sie konnte hören, wie die Schritte sich wieder entfernten und es wurde Still. Die Männer schienen das Gebäude verlassen zu haben.

Wie lange sie noch in der Kiste ausharrte, bevor sie es wagte sich zu bewegen und den Deckel einen Spalt breit anzuheben, war ihr unklar. Sie fühlte sich dumpf, benebelt, fernab jeglicher Realität. Als sie endlich aus ihrem Versteck hinaus stieg, zitterten ihre Gliedmaße unkontrollierbar und warmer Urin rann an ihrem Bein herab. Sie versuchte sich langsam Richtung Fenster zu schleppen, um schließlich durch einen Spalt des zugezogenen Vorhangs nach draußen zu spähen.

Keine 500m entfernt sah sie einen Mann auf einem Erdhügel stehen. Er trug bis auf ein zerfetztes T-Shirt und Armeestiefel nichts mehr am Körper. Seine linke Hand, in der er eine blutige Machete hielt, baumelte locker neben seinem riesigen, erigierten Penis. Mit der anderen Hand führte er eine Zigarette zum Mund und atmete den Rauch langsam aus. Dann plötzlich, in einer ruckartigen Bewegung, drehte er seinen Kopf seitwärts und sein Blick traf ihren.

Es war nichts Menschliches mehr an dieser Gestalt, als sie auf das Haus zu preschte, um sie zu holen. Blankes Entsetzen paralysierte sie und der Mörder erreichte das Gebäude, prallte ungebremst, seitlich gegen die Hauswand. Sie konnte die Vibration der Fensterscheibe spüren, griff dann doch reflexartig nach einer Machete, die neben einer Leiche unmittelbar zu ihren Füßen lag. Die Fensterscheibe zersprang, unzählige Splitter bohrten sich wie Dornen in ihren Körper und der Weg für den Angreifer ins Innere des Hauses war frei. In einem letzten Akt des Aufbäumens schwang sie die Machete wild durch die Luft und ab diesem Moment konnte der Mörder sie nicht mehr sehen. Er stieg nicht durch den Fensterrahmen, sondern streifte weiter an der Hauswand entlang, suchend, als hätte er ihre Fährte verloren… ein schrilles Geräusch brachte Anna zurück und ließ sie realisieren, dass sie zu Hause in ihrem Bett lag. Mühsam tastete sie nach ihrem Handy und stellte den Alarm aus. Ihre Wäsche, die Lacken, alles war nass und sie fühlte sich fiebrig. Der Traum hallte noch in ihr nach und verstärkte ihren Zustand der Desorientierung. Sie ließ ihren Blick durchs Zimmer schweifen und versuchte durch die vertraute Umgebung wieder Halt zu gewinnen, aufzutauchen und sich zu beruhigen. Sie sah sich außer Stande zur Arbeit zu gehen und schrieb ihrem Chef eine kurze Textnachricht, die sie zwanghaft immer wieder durchlas, bevor sie sie abschickte, aus Sorge jemand könnte an ihrer Wortwahl bemerken, in welchem Zustand sie sich befand.

Dann quälte sie sich aus dem Bett und unter die Dusche. Das warme Wasser prickelte auf ihrer Haut und unterhalb ihrer Taille, in der Leistengegend, entdeckte sie eine Art Rötung. Nach dem Abtrocknen betrachtete sie die Stelle ihres Körpers im Spiegel. Die Blessur wirkte aus der Distanz wie ein tiefer Kratzer eines Tieres und Anna verteilte ängstlich Wundsalbe darüber. Sie hatte das Gefühl ihr Verstand spielte ihr Streiche.

Immer noch schwach, legte sie sich mit einer Tasse Tee aufs Sofa. Ihr Bett würde sie später frisch beziehen, jetzt musste sie sich erstmal ausruhen, um am späten Nachmittag Mia abzuholen und alles wäre wieder wie immer.

Doch da täuschte sich Anna. Saitoti hatte sich zumindest insofern verändert, dass er nicht mehr verschwand. Ständig rief er sie an und kam einfach vorbei, wann es ihm passte. Außerdem trat schnell zu Tage, dass er sich noch immer von einem Aushilfsjob zum nächsten hangelte. Sein weniges Geld mit feiern, saufen und anderen Frauen durchbrachte. Alles was er ihr bei ihrem ersten Wiedersehen erzählt hatte, waren nur Wunschträume gewesen. Wohin das Ganze führen sollte, wusste Anna nicht. Eine Zukunft für sie drei als kleine Familie, sah sie nicht und trotzdem wollte sie Saitotis Nähe.

Im Zwielicht seines Schlafzimmers versuchte sie eines Abends mit ihm über ihre Enttäuschung zu sprechen und auch der Alptraum mit dem Mann und der Machete, platzte aus ihr heraus. Schweigend hörte Saitoti ihr zu. Sie versuchte an seiner Miene zu erkennen, was er dachte. Doch seine Züge waren hart, wie versteinert. Nachdem sie geendet hatte, ließ er sich Zeit mit seinen Worten:

„Ich glaube an keine westliche Religion, auch wenn ich getauft wurde und meine Mutter ständig in die verdammte Kirche rennt. Für mich sind die Kraft und der Glaube an meine Ahnen das einzig Wahre", begann er unvermittelt.

„Wie meinst du das?"

Anna war perplex und konnte nicht nachvollziehen worauf er hinaus wollte.

„Die Verstorbenen wandeln praktisch unter uns, wir können sie nicht sehen, aber oft ihre Präsenz spüren. Manchmal machen sie sich im Alltag bemerkbar, geht beispielsweise nach deiner Meinung eine Tür durch einen Luftzug auf, denke ich ein Vorfahre hat gerade den Raum betreten. Man muss empfänglich für diese Dinge sein, sie wahrnehmen. Durch unsere Träume sprechen die Ahnen mit uns, doch es gibt auch böse Geister, die auf Rache aus sind, vor denen man sich schützen muss."

Er hielt kurz inne.

„Ich rate dir ein Gefäß mit Milch und etwas Tabak an die Eingangstür deiner Wohnung zu stellen. Das hält die bösen Wesen fern und etwas glänzendes aus Metall oder Silber um deinen Hals zu tragen, dann können sie dich nicht würgen."

„Du meinst also, dass mir etwas Schlimmes passieren wird?"

„Nein, dieser Geist hat dich bereits angegriffen, doch Etwas hat dich beschützt. Nun musst du dafür sorgen, dass der Geist nicht wieder in dein Haus kommt. Denk an die Milch mit dem Tabak."

Er schnalzte mit der Zunge und das Thema war für ihn beendet.

TEIL 4: ANNA UND LORETTA

KAPITEL 1: LORETTA

DIE DEUTSCHE FRAU

Loretta konnte es nicht ertragen, dass Saitoti eine „Weiße Frau" ihr vorzog. Die Andere war nicht einmal besonders hübsch oder gut gebaut. Seit geraumer Zeit traf er sich nun schon mit dieser Anna und ließ sich kaum noch bei ihr blicken. Loretta war so wütend und enttäuscht von Saitoti, ihre Mutter hätte eine Bezeichnung für einen Mann wie ihn gehabt:

„ein Feuervogel, ein Wesen, das einen mit seinen schillernden Farben betört, lockt und verführt. Die Glut seines Gefieders verbrennt und verschlingt jedoch jene, die ihm zu nahe kommen und letztendlich bringt er mehr Unheil als Segen."

Diese Qual spürte Loretta nun beinahe täglich, wenn sie die Beiden dort Oben in Saitotis Wohnung zusammen hörte. Eigentlich hatte Saitoti versprochen heute zu ihr zum Essen zu kommen. Er liebte ihre Gerichte aus Ghana. Ärgerlich nahm sie jetzt den großen Topf mit Fleisch vom Herd. Es lohnte sich nicht länger zu warten und sie begann alleine zu essen.

Bereits nach wenigen Happen hielt sie inne und schob den vollen Teller angewidert von sich weg. Alles war verkocht und zu weich. Loretta hätte nicht einmal Zähne für den Brei gebraucht.

Über ihr hatte Saitoti wieder Sex mit der Weißen, die Zimmerdecke knarrte und sie stöhnten, als seien sie von Dämonen besessen. Die Geräusche waren animalisch, Saitoti schien die Frau zu verspeisen. Sollte er an ihrem weißen Fleisch verrecken.

In ihr tobte es, als sie sich im Sessel am Fenster niederließ. Am liebsten wäre sie hoch gerannt und hätte der Sache ein Ende bereitet. Doch dann würde sie Saitoti ein für alle Mal verlieren. Die Weiße hatte ihn verhext, er war nicht mehr bei Sinnen. Sie würde warten, am Abend würde Saitoti zu ihr runterkommen, er liebte ihr Essen. Die Weiße konnte sicher nicht kochen und einem afrikanischen Mann geben, was er brauchte.

Lorettas Blick glitt hinaus, schweifte an den Hauswänden, der unzähligen Mietshäuser des Straßenzuges entlang und suchte eine Ablenkung. Manchmal beobachtete sie die Leute in den Wohnungen gegenüber und fühlte sich nicht mehr ganz so allein. Doch es gab heute nichts Interessantes zu sehen und das Heimweh nach Ghana und ihrer Familie schlich sich wieder in ihre Gedanken. Mitten in der Nacht schreckte Loretta aus leichtem Schlaf hoch, sie musste in ihrem Sessel am Fenster eingenickt sein.

Saitoti war nicht gekommen, ging es ihr als erstes durch den Kopf und als sie sich erhob, schmerzten ihre Gliedmaße und Muskeln unerträglich. Ihr war kalt und bevor sie sich ins Bett legte, drehte sie die Heizung etwas höher. Insgeheim wünschte Loretta sich, der warme Körper von Saitoti hätte sie unter den Lacken erwartet. Wehmütig dachte sie an die wenigen Nächte, die sie miteinander verbracht hatten. Doch im Grunde wusste sie, dass ihre Gefühle für Saitoti nirgendswohin führten.

Am nächsten Morgen stand Loretta schlecht gelaunt auf und ging beim Becker um die Ecke frische Brötchen kaufen. Als sie zurück kam klopfte sie leise an Saitotis Tür in der zweiten Etage. Es dauerte eine Weile, bis er ihr mit nichts, außer einem traditionellen Maasaituch um die Taille, öffnete.

„Good morning warrior, ich bringe frische Brötchen."

Sie umarmten sich kurz zum Gruß. Loretta konnte die Weiße noch immer an ihm riechen, doch sie sagte nichts. Erst als Saitoti beim Tee begann schwärmerisch von Anna zu erzählen, machte Loretta ihrem Ärger Luft. Mit donnernder Stimme fiel sie über Saitoti her. Nannte ihn „the shame of the African Nation." Bis Saitoti genug hatte und sie fluchend rausschmiss.

Zurück in ihrer leeren Wohnung brauchte Loretta lange um sich zu beruhigen. Das passierte mit Männern, die zu lange von Afrika weg waren. Sie veränderten sich und begannen ihre eigene Rasse zu leugnen. Doch mit ihrem Gefühlsausbruch hatte sie alles nur noch schlimmer gemacht und Saitoti weiter von sich weg getrieben. Nun lagen die vielen, langen Stunden des Tages strukturlos vor ihr und sie bekam Angst vor der Einsamkeit.

KAPITEL 2: ANNA

DIE GHANA FRAU

An einem ruhigen Samstagabend stand Saitoti zufrieden vom Bett auf und ging ins Bad auf halber Treppe zum Duschen. Anna war alleine in der Wohnung zurück geblieben, hatte träge vom Sex im Schlafzimmer gelegen und sich von dem Chaos um sie herum gestört gefühlt. Berge von dreckiger Wäsche und anderem Zeugs lagen überall im Raum. Anna stand auf und beschloss Ordnung zu schaffen. Als sie fertig war rauchte sie eine Zigarette am Fenster im Wohnzimmer. Sie ließ ihren Blick schweifen, ein Schwarm Spatzen bevölkerte den knorrigen Baum im Hinterhof und die Vögel zwitscherten fröhlich. Es war ein schöner Tag gewesen und sie fühlte sich vollkommen entspannte.

Durch den Luftzug fiel plötzlich ein Foto einer afrikanischen Landschaft von der Fensterbank und landete mit der Rückseite nach oben auf dem Teppich. Beim Aufheben erkannte Anna, dass es sich eigentlich um eine Postkarte handelte. In Englisch geschrieben und an Saitotis

Adresse gerichtet. Die Absenderin sprach ihn mit „Warrior"
an. Dem Text entnahm Anna, dass die Person scheinbar vor
einiger Zeit eine Reise nach Ghana unternommen und nicht
viel Neues zu erzählen gehabt hatte, da sie ja jeden Tag
miteinander telefoniert hätten. Gefolgt von kitschigen
Liebesbekundungen und unterschrieben mit Loretta.

Jetzt war Anna komplett fassungslos, die afrikanische Frau
aus der 1.Etage. Sie hielt die Karte noch immer in der Hand,
als Saitoti frisch geduscht wieder die Wohnung betrat.

Sein Gesicht ließ keine Gefühlsregung erkennen, sanft
nahm er ihr die Karte aus der Hand und begann sie zärtlich
zu küssen. Erst auf den Mund, dann wanderten seine Lippen
langsam ihren Hals hinunter. Sein nach Duschgel riechender
Körper drängte sich gegen ihren und sie konnte seine
Erektion spüren. Mit einem Ruck setzte er sie auf die
Fensterbank und zog ihr unter Küssen die Hose aus. Von
weitem hörte sie den Schwarm Spatzen aufgeschreckt davon
fliegen. Ihre Fingernägel bohrten sich in seinen Nacken und
sie wollte ihm wehtun. Ihn schlagen, treten, doch sie tat es
nicht. Stattdessen schob sie ihn mit aller Kraft von sich. Seine
Gesichtszüge entgleisten verärgert:

„Es ist nur eine alte Postkarte, mit Loretta ist schon lange
nix mehr. Das Hemd, zum Füße abtreten vor meiner
Eingangstür, ist von ihr. Hatte sie mir aus Ghana
mitgebracht."

Verächtlich schnalzte er mit der Zunge und das Thema
war für ihn beendet, doch für Anna noch lange nicht.

In den kommenden Wochen spuckte ihr die „Ghana Frau"
im Kopf herum, wie eine lästige Fliege und sie ertappte sich
dabei, ständig nach weiteren Hinweisen auf eine
Parallelbeziehung in Saitotis Wohnung zu lauern.

Als Anna dann eines Abends mit Saitoti vom Kiosk an der
Ecke zurück kam, stand auf einmal ein roter Einkaufskorb im

Treppenhaus neben Lorettas Wohnungstür in der 1. Etage und auf dem Weg nach oben, nahm Saitoti einen Stapel ordentlich gefalteter Kleidung heraus, um ihn in seinem Schlafzimmer in einer Holzkommode zu verstauen. Er tat dies ganz selbstverständlich, wie ein Automatismus, über den man nicht mehr nachdenkt. Loretta wusch also seine Kleidung und weiß Gott was sie sonst noch alles für ihn tat. Anna wurde elend. Sie ließ Saitoti einfach mit dem Bier stehen, dass sie gerade am Kiosk eingekauft hatten und verließ seine Wohnung. Im Treppenhaus lief sie immer schneller, einfach raus, nur raus dort und nach Hause.

Daraufhin meldete sie sich tagelang nicht mehr bei Saitoti und ignorierte seine Anrufe, bis er bei ihr vor der Tür stand. Bei der Aussprache gab er sich verhalten, stritt vehement ab noch eine parallele Beziehung mit der Ghana Frau zu führen. Stattdessen behauptete er, sie würde ihn „Stocken". Seit Monaten sei sie hinter ihm her und würde ihn nicht in Ruhe lassen. Mehrmals hätte sie schon in seinem Badezimmer im Treppenhaus übernachtet und er habe sie morgens, beim pinkeln zusammengekauert, ohne Decke, neben der Duschwanne gefunden. Die Situation sei schlimm für ihn. Ihre Beobachtung mit dem Wäschekorb negierte er, tat so, als ob sie sich das nur eingebildet hätte. Er war wie eine Mauer und letztendlich konnte sie keine weiteren Informationen aus ihm heraus bekommen. Ein paar Mal dachte Anna darüber nach, bei Loretta zu klingeln und mit ihr zu sprechen. Doch sie tat sich schwer dabei Saitoti zu hintergehen, vielleicht wollte sie es auch einfach gar nicht genauer wissen und sie machte weiter mit Saitoti wie zuvor.

DER EKLAT

Zwei Wochen später hämmerte Saitoti nachts wie wild gegen die Fensterscheibe von Annas Schlafzimmer und riss sie aus dem Schlaf. Erschrocken taumelte Anna zur Wohnungstür und wollte ihn wegschicken. Es war weit nach Mitternacht und am nächsten Tag musste sie arbeiten. Doch als sie ihm ins Gesicht sah, wusste sie, dass etwas Schlimmes passiert war. Hin und her lief er in ihrem Schlafzimmer:

„Du weißt schon, Loretta wegen der wir uns neulich gestritten haben. Sie hat vorhin, bei mir geklingelt."

Anna war sich nicht sicher, ob sie den Rest hören wollte. In ihr zog sich alles zusammen.

„Ich wollte sie nicht reinlassen, da hat sie angefangen wie eine Irre gegen meine Wohnungstür zu schlagen und zu treten. Sie schrie die ganze Zeit, ich hätte wieder die weiße Hexe im Bett und deshalb würde ich sie draußen stehen lassen. Wahrscheinlich war sie betrunken. Sie hörte nicht auf zu randalieren und ich kriegte Angst die Nachbarn würden die Polizei rufen. Also hab ich doch aufgemacht, da hat sie ein Messer in der Hand und weil du nicht in meinem Bett warst, ging sie auf mich los. Ich konnte ihr gerade noch ausweichen und bin einfach an ihr vorbei raus ins Treppenhaus. Doch da klammert die sich mit aller Kraft an mein rechtes Bein, um mich am Gehen zu hindern. Ich hatte mich nicht mehr im Griff und hab nach ihr getreten. Irgendwie ist sie dann die Treppe runter gefallen und vor dem Badezimmer liegen geblieben. Endlich war Ruhe und ich bin einfach über sie rüber gestiegen, raus aus dem Haus. Ich war noch nicht ganz an der Ecke beim Kiosk, da hör ich schon die Sirenen von der Polizei. Hab mich nicht nochmal umgedreht, bin einfach immer weiter gerannt, bis zu dir."

Fassungslos sah Anna ihn an. Es war absurd, dass er mit der Geschichte ausgerechnet zu ihr kam und sie hatte zum ersten Mal richtig Angst. Sie wollte nicht, dass er bei ihr übernachtete und schob irgendwelche Ausflüchte wegen Mia vor. Schließlich ging er und sie hörte einige Tage nichts von ihm. Auch seine Handynummer funktionierte nicht mehr. Die Ungewissheit war eine Qual für Anna. Sie konnte kaum noch schlafen.

Kurz vor Mias Geburtstag stand Saitoti plötzlich rauchend auf der Straße vor dem Küchenfenster und winkte Anna zu sich raus. Sein Aussehen glich einem Obdachlosen, ungepflegt und verwahrlost. Die Kleidung die er trug, war ihm viel zu groß und alt, wahrscheinlich hatte er sie von irgendeinem Freund geliehen. Er wollte sie zur Begrüßung küssen, doch sie wich zurück, sein Körpergeruch war kaum zu ertragen:

„Die Polizei ist bei meiner Arbeitsstelle aufgetaucht und hat mich mitgenommen. Ich war in U-Haft, bis Balaa mich mit einem Anwalt raus geholt hat."

Er schnalzte verächtlich mit der Zunge und zündete sich die nächste Zigarette an.

„Danach hat mich mein Chef sofort rausgeschmissen, weil er keine Polizei im Restaurant haben will. Der Arsch hat auch nicht mehr mit sich reden lassen und schuldet mir noch Gehalt. Darauf kann ich bestimmt warten, bis ich schwarz werde."

Er versuchte witzig zu sein.

Anna sah ihn schweigend an.

„Die Wohnung ist auch weg. Die Pussy hat ein Näherungsverbot durchgekriegt und ich darf das Mietshaus nicht mehr betreten. Am kommenden Wochenende stellen sie meine Möbel einfach raus auf die Straße."

„Wo schläfst du denn im Moment", fragte Anna.

„Mal hier mal da, bei irgendwelchen Freunden", antwortete er leidig.

Es war offensichtlich, was er wollte und Anna schaffte es nicht ihn nochmal wegzuschicken. Drinnen ließ sie ihm ein Bad ein und stopfte seine Kleidung in die Waschmaschine. Sie redeten nicht viel.

Es war seltsam Saitoti länger bei sich und Mia in der Wohnung zu haben. Das Interesse für seine Tochter hielt sich in Grenzen. Die meiste Zeit verbrachte er in ihrem Schlafzimmer und telefonierte mit seinem Bruder Balaa. Sie schienen zu organisieren, wo er seine Möbel unterstellen konnte und wie er an einen guten Anwalt kam, ohne Geld. Doch seine Lage war ziemlich aussichtslos, niemand würde ihm glauben, dass die Frau ihn zuerst angegriffen hatte, falls das überhaupt so stimmte. Saitoti redete am Telefon über nichts anderes mehr und die Geschichte erhielt, bei jedem der unterschiedlichen Zuhörer, neue Facetten.

Bis ein kleinwüchsiger Afrikaner, mit einem Gesicht übersät von Narben, vor Annas Wohnungstür stand. Er stellte sich als DubDub vor und redete wirres, unverständliches Zeug vor sich hin. Laut Saitoti glaubten viele seiner Landsleute, DubDub kommuniziere direkt mit den Ahnen. Schickte man diesen Mann zu anderen Kenyanern, sah man ihn als Vorboten für Unheil und nahm seine Warnungen sehr ernst. Saitoti und DubDub zogen sich in ihr Schlafzimmer zurück. Anna wusste nicht, was dort gesprochen wurde, aber als DubDub ging, war Saitoti wie versteinert und schwieg von nun an über den Vorfall mit Loretta. Auch sonst zog er sich vollkommen von Anna zurück. Sie erfuhr nichts mehr von ihm und eines Morgens war er einfach gegangen.

Heimlich suchte Anna einige Wochen später das alte Mietshaus auf, wo Saitoti gewohnt hatte und inspizierte die Klingelschilder. Dort standen keine ihr bekannten Namen mehr, die Wohnungen waren alle neu vermietet.

NOMADENLEBEN

Ab diesem Zeitpunkt, so schien es Anna, führte Saitoti eine Art Nomadenleben. Es hielt ihn nichts mehr länger an einem Ort. Er wanderte durch die Stadt und kam mal hier mal da für ein paar Tage unter. In der Regel hatte er nicht mehr, als einen Rucksack und eine kleine Reisetasche bei sich.

Anna und er sahen sich nur noch sporadisch, dann aß Saitoti eine warme Mahlzeit bei ihr, duschte und blieb eine Nacht. Diese Nächte waren geprägt von großer Unruhe, in denen sie beide kaum Schlaf fanden. Saitoti erzählte ihr von Träumen, in denen ständig Gesichter von toten Menschen auftauchten und ihm das Gefühl gaben, ihn an Armen und Beinen zu packen, um ihn aus dem Bett mit sich ziehen zu wollen. Er warf sich dann neben Anna auf der Matratze hin und her und wenn sie ihn weckte, redete er in seiner Muttersprache, stand auf und stellte überall Schüsseln mit Milch und Tabak hin, um die bösen Geister zu vertreiben. Auch unterschiedliche Ketten aus Metall und Silber baumelten an seinen Hals, doch es half alles nichts. Er kam nicht zur Ruhe und trank zunehmend Alkohol, damit er überhaupt schlafen konnte.

Mehr denn je sprach er mit Anna von seiner Jugend im Stammesgebiet von Kenya. Den kriegerischen Auseinandersetzungen zwischen unterschiedlichen Klans, um Rinderherden und Wasserstellen, an denen er schon als Kind beteiligt gewesen war. Das verlangten die Traditionen seines Stammes, erläuterte er. Mit 14 Jahren hatte er bereits eine eigene Kalaschnikow besessen. Er wiederholte oft, einer Familie von Mördern zu entstammen. Anna hatte den Eindruck seine Vergangenheit holte ihn ein und er bräuchte therapeutische Hilfe, doch davon wollte Saitoti nichts wissen. Wahrscheinlich war er nicht einmal krankenversichert.

Im Spätsommer gelang es Saitoti endlich, durch die Hilfe seines Bruders Balaa, wieder eine eigene Wohnung anzumieten. Genau genommen war Balaa ein Halbbruder, sie hatten unterschiedliche Mütter. Der Vater von Saitoti war in Kenya mit drei Frauen verheiratet. Als Anna Balaa das erste Mal persönlich kennenlernte, konnte sie keine Ähnlichkeit zwischen den Beiden feststellen. Er war kräftiger gebaut und sehr ruhig, angeblich sprach er nicht gut Deutsch, aber Anna hatte den Eindruck, dass er generell wenig redete. Die meiste Zeit saß er beobachtend in einer Ecke und trank ein Bier nach dem anderen. Doch er hatte viele Kontakte und einen Hausbesitzer gefunden, der bereit war Saitoti ein Apartment zu vermieten, obwohl er keine Arbeit hatte. Die Bedingung war jedoch, dass Saitoti im Mietshaus kleinere Hausmeistertätigkeiten übernahm, womit er kein Problem hatte.

An einem Tag im September lud er Anna zum ersten Mal in die neue Wohnung ein. Es war eine gemütliche, kleine

Dachmansarde in einem soliden Stadtteil. Sie kam in den späten Nachmittagsstunden bei ihm an und nachdem er ihr jedes Zimmer gezeigt hatte, zog sie sich einen Stuhl vom Esstisch heran und setzte sich ans offene Dachfenster. Die letzten matten Sonnenstrahlen vielen auf die provisorische Küchenzeile und beleuchteten abgenagte Ziegenknochen, die auf einem Schneidebrett vor sich hin dümpelten. Leise Stimmen von Nachbarn und Passanten unten auf der Straße waren zu hören. Jede Ablenkung war Anna recht, bevor sie ihm sagen würde, dass sie ihn endgültig nicht mehr treffen wollte. Er klapperte mit irgendwelchen Töpfen und sie schaute zu ihm hinüber, wie er in Boxershorts kochte. Sein Körper war so schlank und sie mochte die Art wie seine Haut schimmerte, wenn er sie frisch mit Öl eingerieben hatte. Er wurde gerne angesehen, dass wusste sie. Seine Muskeln spannten sich, als er mit einem riesigen Messer ein Huhn zerlegte. Fahrig verscheuchte sie einige Fliegen, die wahrscheinlich von den gammeligen Ziegenknochen angelockt worden waren. Erst als das Huhn in der Pfanne brutzelte, wandte er seine Aufmerksamkeit wieder ihr zu:

„Reden wir endlich, dazu bist du doch gekommen."

Halbherzig begann sie über ihre „Beziehung" zu sprechen, verstrickte sich in Details und wusste, dass er ihr im Grunde längst nicht mehr zuhörte. Saitoti durchquerte den Raum und setzte sich ihr gegenüber. Sein Blick durchdrang sie und war so stark, dass sie abrupt inne hielt. Es hatte keinen Zweck, er sah in sie hinein. Ihr Blick wanderte zum Fenster, der blaue Himmel war der Dämmerung gewichen und es wurde langsam dunkel in der Wohnung.

„Ich will mit dir zusammen sein", flüsterte sie leise und gab vollends ihren Gefühlen nach.

„Warum müssen wir dann immer Reden, es ist zu viel was du sagst und von mir willst."

Während er zum Herd ging und sich einen riesigen Berg Nudeln mit Huhn auf einen Teller häufte, begann er einen Monolog. Dabei schwadronierte er über große charakterliche Veränderungen, die er in den vergangenen Monaten durchlaufen hätte, bis er schließlich nur noch über seine schlechten Arbeitsstellen jammerte, die meist rassistischen Arbeitskollegen und körperlichen Belastungen. Er beschrieb seine unerträglichen Lebensumständen, die seiner Meinung nach ursächlich immer von Anderen verschuldet waren und löste dabei gierig das Hühnerfleisch von den Knochen, bis das Fett an seinen Händen zu den Gelenken hinunter rann.

Da explodierte Anna und war selbst über ihre laute, schrille Stimme überrascht, als sie ihm an den Kopf warf ein Versager zu sein, ein egoistischer Schweinehund der sich nicht um seine Kinder kümmerte und keine Vorstellung davon hatte, was die Frauen durchmachten in dem Versuch die Kinder alleine großzuziehen. Nicht einmal finanzielle Unterstützung käme von ihm. Sie hatte den Luxus nicht sich über Arbeitsverhältnisse zu beklagen, musste durchhalten egal was kam, denn sie trug alleine die Verantwortung für ihre gemeinsame Tochter.

Seine Gesichtszüge erstarrten. Vollkommen überrascht, über die Heftigkeit ihres Ausbruches, fehlten ihm die Worte. Jedwede weitere Rechtfertigung unterließ er plötzlich und wartete stumm ab, bis sie fertig war mit ihren Vorwürfen. Als die ersten Tränen in Annas Augen aufstiegen, nahm er sie in den Arm und sie ließ es zu. Geschüttelt von Weinkrämpfen brach sie zusammen. Er drückte sie fest an seine nackte Brust und versuchte sie zu beruhigen. Als ihre Atmung langsam wieder flacher wurde, setzten sie sich gemeinsam aufs Sofa. Er beugte sich über sie, drängte seinen Körper an ihren und wollte sie küssen:

„Darf ich? Angeschrien zu werden hat mich so heiß gemacht."

Verwirrt ließ sie sich von ihm anfassen, wollte geborgen sein bei ihm. Liebevoll schlief er mit ihr, flüsterte ihr tausende von Versprechungen ins Ohr, darüber wie er sich zukünftig ändern würde. Anna wusste, dass er nichts anderes sein konnte, als das was er war und trotzdem wollte sie ihm in dieser Nacht glauben.

KAPITEL 3: BALAA

BRÜDER

Balaa stand auf, legte das Telefon aus der Hand und ging zum Kühlschrank. Sein fünftes Bier an diesem Morgen beruhigte ihn etwas. Er starrte hinaus, durch das kleine Fenster seines 1-Zimmer Apartments, auf eine viel befahrene Durchgangsstraße. Es regnete. Er hatte sein gesamtes Handyguthaben für den restlichen Monat vertelefoniert und nichts erreicht. Selbst wenn er seinen Anteil dazu rechnete, hatte er nicht annähernd die Geldsumme auftreiben können, die er zur Überführung des Sarges nach Kenya brauchte. Er trank sein Bier in großen Schlucken bis zur Hälfte aus, bevor er wieder die Prospekte des Bestattungsunternehmens durchblätterte. Das Geld würde auch für eine Beerdigung in Deutschland nicht reichen. Normalerweise war es innerhalb der kenyanischen Community üblich sich gegenseitig bei familiären Notfällen finanziell zu unterstützen. Doch Saitoti hatte bei so vielen Leuten Schulden, dass nur zwei ihrer ältesten Freunde gewillt waren zu helfen. Die Meisten hatten ihn am Telefon übel beschimpft und würden wahrscheinlich in der kommenden Woche versuchen die Schulden bei ihm einzutreiben.

Er stellte die leere Bierflasche neben die vier anderen auf den Nachttisch. Noch immer hatte er das Gefühl, seinen Bruder gleich dort draußen über die Straße kommen zu sehen, ohne Mütze, nass bis auf die Knochen, bei dem Regen. Nach all den harten Jahren, die sie in Kenya überstanden hatten, musste er ausgerechnet hier sterben, in diesem friedlichen Land. Doch im Grunde hatte er es immer kommen sehen, dass Saitoti eines Tages gewaltsam zu Tode kam. Er war kriminell, ständig in Schlägereien verwickelt und letztendlich an die falschen Leute geraten.

Manchmal war es ihm auch so vorgekommen, als ob Saitoti eine gewisse Todessehnsucht gehabt hätte. Den ständigen „Struggel" nicht mehr ertragen konnte. War es das wert gewesen ihre Heimat zu verlassen? Was hatten sie Beide denn schon erreicht im Leben?

Die Stimme von Leya ging ihm nicht aus dem Kopf. Nur ihr hatte er die Todesnachricht mitgeteilt. All seine anderen, weißen Frauen hatte er nie gemocht und seine Kinder würden es früher oder später von den Behörden erfahren.

Leya hatte ihn angefleht ihren Mann nach Hause zu bringen, doch er wusste nicht wie. Er würde einfach hier sitzen, sich volllaufen lassen und hoffen, dass er irgendwann einschlief.